Страшное Гаданье

Марлинский

Страшное Гаданье

ISNB: 978-1-63637-668-4

СОДЕРЖАНИЕ

СТРАШНОЕ ГАДАНЬЕ

(Посвящается Петру Степановичу Лутковскому)

Рассказ

> Давно уже строптивые умы
> Отринули возможность духа тьмы;
> Но к чудному всегда наклонным сердцем,
> Друзья мои, кто не был духоверцем?..

...Я был тогда влюблен, влюблен до безумия. О, как обманывались те, которые, глядя на мою насмешливую улыбку, на мои рассеянные взоры, на мою небрежность речей в кругу красавиц, считали меня равнодушным и хладнокровным. Не ведали они, что глубокие чувства редко проявляются именно потому, что они глубоки; но если б они могли заглянуть в мою душу и, увидя, понять ее, — они бы ужаснулись! Все, о чем так любят болтать поэты, чем так легкомысленно играют женщины, в чем так стараются притворяться любовники, во мне кипело, как растопленная медь, над которою и самые пары, не находя истока, зажигались пламенем. Но мне всегда были смешны до жалости приторные вздыхатели со своими пряничными сердцами; мне были жалки до презрения записные волокиты со своим зимним восторгом, своими заученными изъяснениями, и попасть в число их для меня казалось страшнее всего на свете.

Нет, не таков был я; в любви моей бывало много странного, чудесного, даже дикого; я мог быть непонятен, но смешон — никогда. Пылкая, могучая страсть катится как лава; она увлекает и жжет все встречное; разрушаясь сама, разрушает в пепел препоны и хоть на миг, но превращает в кипучий котел даже холодное море.

Так любил я... назовем ее хоть Полиною. Все, что женщина может внушить, все, что мужчина может почувствовать, было внушено и почувствовано. Она принадлежала другому, но это лишь возвысило цену ее взаимности, лишь более раздражило слепую страсть мою, взлелеянную надеждой. Сердце мое должно было расторгнуться, если б я замкнул его молчанием: я опрокинул его, как переполненный сосуд, перед любимою женщиною; я говорил пламенем, и моя речь нашла отзыв в ее сердце. До сих пор, когда я вспомню об уверении, что я любим, каждая жилка во мне трепещет, как струна, и если наслаждения земного блаженства могут быть выражены звуками, то, конечно, звуками подобными! Когда я прильнул в первый раз своими устами к руке ее, — душа моя исчезла в этом прикосновении! Мне чудилось, будто я претворился в молнию: так быстро, так воздушно, так пылко было чувство это, если это можно назвать чувством.

Но коротко было мое блаженство: Полина была столько же строга, как прелестна. Она любила меня, как никогда еще я не был любим дотоле, как никогда не буду любим вперед: нежно, страстно и безупречно... То, что было заветно мне, для нее стоило более слез, чем мне самому страданий. Она так доверчиво предалась защите моего великодушия, так благородно умоляла спасти самое себя от укора, что бесчестно было бы изменить доверию.

— Милый! мы далеки от порока, — говорила она, — но всегда ли далеки от слабости? Кто пытает часто силу, тот готовит себе падение; нам должно как можно реже видеться!

Скрепя сердце, я дал слово избегать всяких встреч с нею.

И вот протекло уже три недели, как я не видал Полины. Надобно вам сказать, что я служил еще в Северском конноегерском полку, и мы стояли тогда в Орловской губернии... позвольте умолчать об уезде. Эскадрон мой расположен был квартирами вблизи поместьев мужа Полины. О самых святках полк наш получил приказание выступить в Тульскую губернию, и я имел довольно твердости духа уйти не простясь. Признаюсь, что боязнь изменить тайне в присутствии других более, чем скромность, удержала меня. Чтоб заслужить ее уважение, надобно было отказаться от любви, и я выдержал опыт.

Напрасно приглашали меня окрестные помещики на прощальные праздники; напрасно товарищи, у которых тоже, едва ль не у каждого, была сердечная связь, уговаривали возвратиться с перехода на бал, — я стоял крепко.

Накануне Нового года мы совершили третий переход и расположились на дневку. Один-одинехонек, в курной хате, лежал я на походной постеле своей, с черной думой на уме, с тяжелой кручиной в сердце. Давно уже не улыбался я от души, даже в кругу друзей: их беседа стала мне несносна, их веселость возбуждала во мне желчь, их внимательность — досаду за безотвязность; стало быть, тем раздольнее было мне хмуриться наедине, потому что все товарищи разъехались по гостям; тем мрачнее было в душе моей: в нее не могла запасть тогда ни

2

одна блестка наружной веселости, никакое случайное развлечение.

И вот прискакал ко мне ездовой от приятеля, с приглашением на вечер к прежнему его хозяину, князю Львинскому. Просят непременно: у них пир горой; красавиц — звезда при звезде, молодцов рой, и шампанского разливанное море. В приписке, будто мимоходом, извещал он, что там будет и Полина. Я вспыхнул... Ноги мои дрожали, сердце кипело. Долго ходил я по хате, долго лежал, словно в забытьи горячки; но быстрина крови не утихала, щеки пылали багровым заревом, отблеском душевного пожара; звучно билось ретивое в груди. Ехать или не ехать мне на этот вечер? Еще однажды увидеть ее, дыхнуть одним с нею воздухом, наслушаться ее голоса, молвить последнее прости! Кто бы устоял против таких искушений? Я кинулся в обшивни и поскакал назад, к селу князя Львинского. Было два часа за полдень, когда я поехал с места. Проскакав двадцать верст на своих, я взял потом со станции почтовую тройку и еще промчался двадцать две версты благополучно. С этой станции мне уже следовало своротить с большой дороги. Статный молодец на лихих конях взялся меня доставить в час за восемнадцать верст, в село княжое.

Я сел, — катай!

Уже было темно, когда мы выехали со двора, однако ж улица кипела народом. Молодые парни, в бархатных шапках, в синих кафтанах, расхаживали, взявшись за кушаки товарищей; девки в заячьих шубах, крытых яркою китайкою, ходили хороводами; везде слышались праздничные песни, огни мелькали во всех окнах, и зажженные лучины пылали у многих ворот. Молодец, извозчик мой, стоя в заголовке саней, гордо покрикивал: "пади!" и, охорашиваясь, кланялся тем, которые узнавали его, очень доволен, слыша за собою: "Вон наш Алеха катит! Куда, сокол, собрался?" и тому подобное. Выбравшись из толпы, он обернулся ко мне с предуведомлением:

— Ну, барин, держись! — Заложил правую рукавицу под левую мышку, повел обнаженной рукой над тройкою, гаркнул — и кони взвились как вихорь! Дух занялся у меня от быстроты их поскока: они понесли нас.

Как верткий челнок на валах, кувыркались, валялись и прыгали сани в обе стороны; извозчик мой, упершись в валек ногою и мощно передергивая вожжами, долго боролся с запальчивою силою застоявшихся коней; но удила только подстрекали их ярость. Мотая головами, взбросив дымные ноздри на ветер, неслись они вперед, взвивая метель над

3

санями. Подобные случаи столь обыкновенны для каждого из нас, что я, схватясь за облучок, преспокойно лежал внутри и, так сказать, любовался этой быстротой путешествия. Никто из иностранцев не может постичь дикого наслаждения — мчаться на бешеной тройке, подобно мысли, и в вихре полета вкушать новую негу самозабвения. Мечта уж переносила меня на бал. Боже мой, как испугаю и обрадую я Полину своим неожиданным появлением! Меня бранят, меня ласкают; мировая заключена, и я уж несусь с нею в танцах... И между тем свист воздуха казался мне музыкою, а мелькающие изгороди, леса — пестрыми толпами гостей в бешеном вальсе... Крик извозчика, просящего помощи, вызвал меня из очарования. Схватив две вожжи, я так скрутил голову коренной, что, упершись вдруг, она едва не выскочила из хомута. Топча и фыркая, остановились, наконец, измученные бегуны, и когда опало облако инея и ветерок разнес пар, клубящийся над конями:

— Где мы? — спросил я ямщика, между тем как он перетягивал порванный чересседельник и оправлял сбрую.

Ямщик робко оглянулся кругом.

— Дай бог памяти, барин! — отвечал он. — Мы уж давно своротили с большой дороги, чтобы упарить по сугробу гнедышей, и я что-то не признаюсь к этой околице.

Не ведь это Прошкюю Репище, не ведь Андронова Пережога?

Я не подвигался вперед ни на полвершка от его топографических догадок; нетерпение приехать меня одолевало, и я с досадою бил нога об ногу, между тем как мой парень бегал отыскивать дорогу.

— Ну, что?

— Плохо, барин! — отвечал он. — В добрый час молвить, в худой помолчать, мы никак заехали к Черному озерку!

— Тем лучше, братец! Коли есть примета, выехать не долга песня; садись и дуй в хвост и в гриву!

— Какое лучше, барин; эта примета заведет невесть куда, — возразил ямщик. — Здесь мой дядя видел русалку: слышь ты, сидит на суку, да и покачивается, а сама волосы чешет, косица такая, что страсть; а собой такая смазливая — загляденье, да и только. И вся нагая, как моя ладонь.

— Что ж, поцеловал ли он красавицу? — спросил я.

— Христос с тобой, барин, что ты это шутишь? Подслушает она, так даст поминку, что до новых веников не забудешь. Дядя с перепугу не то чтобы зааминить или зачурать ее, даже ахнуть не успел, как она, завидя его, захохотала, ударила в ладоши, да

4

и бульк в воду. С этого сглазу, барин, он бродил целый день вкруг да около, и когда воротился домой, едва языка допыталися: мычит по-звериному, да и только! А кум Тимоша Кулак нонесь повстречал тут оборотня; слышишь ты, скинулся он свиньей, да то и знай мечется под ноги! Хорошо, что Тимоша и сам в чертовщине силу знает: как поехал на ней чехардой, да ухватил за уши, она и пошла его мыкать, а сама визжит благим матом; до самых петухов таскала, и уж на рассвете нашли его под съездом у Гаврюшки, у того, что дочь красовита. Да то ли здесь чудится!.. Серега косой как порасскажет...

— Побереги свои побасенки до другого случая, — возразил я, — мне, право, нет времени да нет и охоты пугаться!.. Если ты не хочешь, чтоб русалка защекотала тебя до смерти или не хочешь ночевать с карасями под ледяным одеялом, то ищи скорей дороги.

Мы брели целиком, в сугробах выше колена. На беду нашу небо задернуто было пеленою, сквозь которую тихо сеялся пушистый иней; не видя месяца, нельзя было узнать, где восток и где запад. Обманчивый отблеск, между перелесками, заманивал нас то вправо, то влево... Вот-вот, думаешь, видна дорога... Доходишь — это склон оврага или тень какого-нибудь дерева! Одни птичьи и заячьи следы плелись таинственными узлами по снегу. Уныло звучал на дуге колокольчик, двоя каждый тяжелый шаг, кони ступали, повесив головы; извозчик, бледный как полотно, бормотал молитвы, приговаривая, что нас обошел леший, что нам надобно выворотить шубы вверх шерстью и надеть наизнанку — все до креста. Я тонул в снегу и громко роптал на все и на всех, выходя из себя с досады, а время утекало, — и где конец этому проклятому пути?! Надобно быть в подобном положении, надобно быть влюбленну и спешить на бал, чтобы вообразить весь гнев мой в то время... Это было бы очень смешно, если б не было очень опасно.

Однако ж досада не вывела нас на старую дорогу и не проторила новой; образ Полины, который танцевал передо мною, и чувство ревности, что она вертится теперь с каким-нибудь счастливцем, слушает его ласкательства, может быть отвечает на них, нисколько не помогали мне в поисках. Одетый тяжелою медвежьего шубою, я не иначе мог идти, как нараспашку, и потому ветер проницал меня насквозь, оледеняя на теле капли пота. Ноги мои, обутые в легкие танцевальные сапоги, были промочены и проморожены до колен, и дело уж дошло до того, что надобно было позаботиться не о бале, а о жизни, чтоб не кончить ее в пустынном поле. Напрасно прислушивались мы: нигде отрадного огонька, нигде голоса человеческого, даже ни полета птицы, ни шелеста зверя. Только храпение наших коней, или бой копыта от нетерпения, или, изредка, бряканье колокольца, потрясаемого уздою, нарушали окрестное безмолвие. Угрюмо стояли кругом купы елей, как мертвецы, закутанные в снежные саваны, будто простирая к нам оледенелые руки; кусты, опушенные клоками инея, сплетали на бледной поверхности поля тени свои; утлые, обгорелые пни, вея седыми космами, принимали мечтательные образы; но все это не носило на себе следа ноги или руки человеческой... Тишь и пустыня окрест!

Молодой извозчик мой одет был вовсе не по-дорожному и, проницаемый не на шутку холодом, заплакал.

— Знать, согрешил я перед богом, — сказал он, — что наказан такой смертью; умрешь, как татарин, без исповеди! Тяжело расставаться с белым светом, только раздувши пену с медовой чаши; да и куда бы ни шло в посту, а то на праздниках. То-то взвоет белугой моя старуха! То-то наплачется моя Таня!

Я был тронут простыми жалобами доброго юноши; дорого бы я дал, чтобы так же заманчива, так же мила была мне жизнь, чтобы так же горячо веровал я в любовь и верность. Однако ж, чтоб разгулять одолевающий его сон, я велел ему снова пуститься в ход наудачу, сохраняя движением теплоту. Так шли мы еще полчаса, как вдруг парень мой вскрикнул с радостно:

— Вот он, вот он!

— Кто он? — спросил я, прыгая по глубокому снегу ближе.

Ямщик не отвечал мне; упав на колени, он с восторгом что-то рассматривал; это был след конский. Я уверен, что ни один бедняк не был столь рад находке мешка с золотом, как мой парень этому верному признаку и обету жизни. В самом деле, скоро мы выбрались на бойкую дрововозную дорогу; кони, будто чуя ночлег, радостно наострили уши и заржали; мы стремглав полетели по ней куда глаза глядят. Через четверть часа были уже в деревне, и как мой извозчик узнал ее, то привез прямо к избе зажиточного знакомого ему крестьянина.

Уверенность возвратила бодрость и силы иззябшему парню, и он не вошел в избу, покуда не размял беганьем на улице окоченевших членов, не оттер снегом рук и щек, даже покуда не выводил коней. У меня зашлись одни ноги, и потому, вытерши их в сенях докрасна суконкою, я через пять минут сидел уже под святыми, за набранным столом, усердно потчуемый радушным хозяином и попав вместо бала на сельские посиделки.

Сначала все встали; но, отдав мне чинный поклон, уселись по-прежнему и только порой, перемигиваясь и перешептываясь между собою, кажется, вели слово о нежданном госте. Ряды молодиц в низаных киках, в кокошниках и красных девушек в повязках разноцветных, с длинными косами, в которые вплетены были треугольные подкосники с подвесками или златошвейные ленты, сидели по лавкам очень тесно, чтоб не дать между собою места лукавому — разумеется, духу, а не человеку, потому что многие парни нашли средство втереться между.

Молодцы в пестрядинных или ситцевых рубашках с косыми галунными воротками и в суконных кафтанах увивались около или, собравшись в кучки, пересмехались, щелкали орешки, и один из самых любезных, сдвинув набекрень шапку, бренчал на балалайке "Из-под дубу, из-под вязу". Седобородый отец хозяина лежал на печи, обратясь лицом к нам, и, качая головой, глядел на игры молодежи; для рам картины, с полатей выглядывали две или три живописные детские головки, которые, склонясь на руки и зевая, посматривали вниз. Гаданья на Новый год пошли обычной своей чередою. Петух, пущенный в круг, по обводу которого насыпаны были именные кучки овса и ячменя с зарытыми в них кольцами, удостоив из которой-нибудь клюнуть, возвещал неминуемую свадьбу для гадателя или загадчицы... Накрыв блюдом чашу, в которой лежали кусочки с наговорным хлебом, уголья, значения коих я никак не мог добиться, и перстни да кольца девушек, все принялись за подблюдные песни, эту лотерею судьбы и ее приговоров. Я грустно слушал звучные напевы, коим вторили в лад потрясаемые жеребьи в чаше.

> Слава богу на небе,
> Государю на сей земле!
> Чтобы правда была
> Краше солнца светла;
> Золотая ж казна
> Век полным-полна!
> Чтобы коням его не изъезживаться,
> Его платьям цветным не изнашиваться,
> Его верным вельможам не стареться!
> Уж мы хлебу поем,
> Хлебу честь воздаем!
> Большим-то рекам слава до моря,
> Мелким речкам — до мельницы!
> Старым людям на потешенье,

Добрым молодцам на услышанье.
Расцвели в небе две радуги,
У красной девицы две радости,
С милым другом совет,
И растворен подклет!
Щука шла из Новагорода,
Хвост несла из Бела озера;
У щучки головка серебряная,
У щучки спина жемчугом плетена,
А наместо глаз — дорогой алмаз!
Золотая парча развевается -
Кто-то в путь в дорогу собирается.

Всякому сулили они добро и славу, но, отогревшись, я не думал дослушивать бесконечных и неминуемых заветов подблюдных; сердце мое было далеко, и я сам бы лётом полетел вслед за ним. Я стал подговаривать молодцов свезти меня к князю. К чести их, хотя к досаде своей, должно сказать, что никакая плата не выманила их от забав сердечных. Все говорили, что у них лошаденки плохие или измученные. У того не было санок, у другого подковы без шипов, у третьего болит рука.

Хозяин уверял, что он послал бы сына и без прогонов, да у него пара добрых коней повезла в город заседателя... Чарки частые, голова одна, и вот уж третий день, верно, празднуют в околице.

— Да изволишь знать, твоя милость, — примолвил один краснобай, встряхнув кудрями, — теперь уж ночь, а дело-то святочное. Уж на што у нас храбрый парод девки: погадать ли о суженом — не боятся бегать за овины, в поле слушать колокольного свадебного звону, либо в старую баню, чтоб погладил домовой мохнатой лапою на богачество, да и то сегодня хвостики прижали... Ведь канун-то Нового года чертям сенокос.

— Полно тебе, Ванька, страхи-то рассказывать! — вскричало несколько тоненьких голосков.

— Чего полно? — продолжал Ванька. — Спроси-ка у Оришки: хорош ли чертов свадебный поезд, какой она вчерась видела, глядясь за овинами на месяц в зеркало? Едут, свищут, гаркают... словно живьем воочью совершаются. Она говорит, один бесенок оборотился горенским Старостиным сыном Афонькой да одно знай пристает: сядь да сядь в сани. Из круга, знать, выманивает. Хорошо, что у ней ум чуть но с косу, так отнекалась.

— Нет, барин, — примолвил другой, — хоть рассыпь серебра, вряд ли кто возьмется свезти тебя! Кругом озера колесить верст двадцать будет, а через лед ехать без беды беда; трещин и полыней тьма; пошутит лукавый, так пойдешь карманами ловить раков.

— И ведомо, — сказал третий. — Теперь чертям скоро заговенье: из когтей друг у друга добычу рвут.

— Полно брехать, — возразил краснобай. — Нашел заговенье. Черный ангел, или, по-книжному, так сказать, Ефиоп, завсегда у каждого человека за левым плечом стоит да не смигнувши сторожит, как бы натолкнуть на грех. Не слыхали вы разве, что было у Пятницы на Пустыне о прошлых святках?

— А что такое? — вскричали многие любопытные. — Расскажи, пожалуста, Ванюша; только не умори с ужасти.

Рассказчик оглянулся на двери, на окно, на лица слушателей, крякнул протяжно, оправил правой рукою кудри и начал:

— Дело было, как у нас, на посиделках. Молодцы окручались в личины, и такие хари, что и днем глядеть — за печку спрячешься, не то чтобы ночью плясать с ними. Шубы навыворот, носищи семи пядей, рога словно у сидоровой козы, а в зубах по углю, так и зияют. Умудрились, что петух приехал верхом на раке, а смерть с косою на коне. Петрушка-чеботарь спину представлял, так он мне все и рассказывал.

Вот как разыгрались они, словно ласточки перед погодою; одному парню лукавый, знать, и шепнул в ухо: "Сем-ка, я украду с покойника, что в часовне лежит, саван да венец, окручусь в них, набелюся известкою, да и приду мертвецом на поседки". На худое мы не ленивы: скорей, чем сгадал, он в часовню слетал, — ведь откуда, скажите на милость, отвага взялась. Чуть не до смерти перепугал он всех: старый за малого прячется... Однако ж когда он расхохотался своим голосом да стал креститься и божиться, что он живой человек, пошел смех пуще прежнего страху. Тары да бары да сладкие разговоры, ан и полночь на дворе, надо молодцу нести назад гробовые обновки; зовет не дозовется никого в товарищи; как опала у него хмелина в голове, опустились и крылья соколиные; одному идти — страх одолевает, а приятели отпираются. Покойник давно слыл колдуном, и никто не хотел, чтобы черти свернули голову на затылок, свои следы считать. Ты, дескать, брал на прокат саван, ты и отдавай его; нам что за стать в чужом пиру похмелье нести.

И вот, не прошло двух мигов... послышали, кто-то идет по скрипучему снегу... прямо к окну: стук, стук...

— С нами крестная сила! — вскричала хозяйка, устремив на окно испуганные очи. — Наше место свято! — повторила она, не могши отвратить взглядов от поразившего ее предмета. — Вон, вон, кто-то страшный глядит сюда!

Девки с криком прижались одна к другой; парни кинулись к окну, между тем как те из них, которые были поробче, с выпученными глазами и открытым ртом поглядывали в обе стороны, не зная, что делать. В самом деле, за морозными стеклами как будто мелькнуло чье-то лицо... но когда рама была отперта — на улице никого не было. Туман, врываясь в теплую избу, ходил коромыслом, затемняя на время блеск лучины. Все понемногу успокоились.

— Это вам почудилось, — сказал рассказчик, оправляясь сам от испуга; его голос был прерывен и неровен. — Да вот, дослушайте бывальщину: она уж и вся-то недолга. Когда переполошенные в избе люди осмелились да спросили: "Кто стучит?" — пришлец отвечал: "Мертвец пришел за саваном". Услышав это, молодец, окрученный в него, снял с себя гробовую пелену да венец и выкинул их за окошко. "Не принимаю! — закричал колдун, скрипя зубами. — Пускай где взял, там и отдает мне". И саван опять очутился посреди избы. "Ты, насмехаючись, звал меня на посиделки, — сказал мертвец страшным голосом, — я здесь! Чествуй же гостя и провожай его до дому, до последнего твоего и моего дому". Все, дрожа, молились всем святым, а бедняга виноватый ни жив ни мертв сидел, дожидаясь злой гибели. Мертвец между тем ходил кругом, вопя: "Отдайте мне его, не то и всем несдобровать". Сунулся было в окошко, да, на счастье, косяки были святой водой окроплены, так его словно огнем обдало; взвыл да назад кинулся. Вот грянул он в вороты, и дубовый запор, как соль, рассыпался... Начал .всходить по съезду... Тяжко скрипели бревна под ногою оборотня; собака с визгом залезла в сенях под корыто, и все слышали, как упала рука его на щеколду. Напрасно читали ему навстречу молитву от наваждения, от призора; однако ничто не забрало... Дверь со стоном повернулась на пятах, и мертвец шасть в избу!

Дверь избы нашей, точно, растворилась при этом слове, будто кто-нибудь подслушивал, чтобы войти в это мгновение. Нельзя описать, с каким ужасом вскрикнули гости, поскакав с лавок и столпясь под образами. Многие девушки, закрыв лицо руками, упали за спины соседок, как будто избежали опасности, когда ее не видно. Глаза всех, устремленные к порогу, ждали встретить там по крайней мере остов, закутанный саваном, если не самого нечистого с рогами; и в самом деле, клубящийся в дверях морозный пар мог показаться адским серным дымом. Наконец пар расступился, и все увидели, что вошедший имел вид совершенно человеческий. Он приветливо поклонился всей беседе, хотя и не перекрестился перед иконами. То был стройный мужчина в распашной сибирке, под которою надет был бархатный камзол; такие же шаровары спускались на лаковые сапоги; цветной персидский платок два раза обвивал шею, и в руках его была бобровая шапка с козырьком, особого вида. Одним словом, костюм его доказывал, что он или приказчик, или поверенный по откупам. Лицо его было

— Бог помочь! — сказал он, кланяясь. — Прошу беседу для меня не чиниться и тебя, хозяин, обо мне не заботиться. Я завернул в вашу деревню на минуту: надо покормить иноходца на перепутье; у меня вблизи дельце есть.

Увидев меня в мундире, он раскланялся очень развязно, даже слишком развязно для своего состояния, и скромно спросил, не может ли чем послужить мне? Потом, с позволения, подсев ко мне ближе, завел речь о том и о сем, пятом и десятом. Рассказы его были очень забавны, замечания резки, шутки ядовиты; заметно было, что он терся долго между светскими людьми как посредник запрещенных забав , или как их преследователь, — кто знает, может быть как блудный купеческий сын, купивший своим имением жалкую опытность, проживший с золотом здоровье и добрые нравы. Слова его отзывались какою-то насмешливостью надо всем, что люди привыкли уважать, по крайней мере наружно. Не из ложного хвастовства и не из лицемерного смирения рассказывал он про свои порочные склонности и поступки; нет, это уже был закоснелый, холодный разврат. Злая усмешка презрения ко всему окружающему беспрестанно бродила у него на лице, и когда он наводил свои пронзающие очи на меня, невольный холод пробегал по коже.

— Не правда ли, сударь, — сказал он мне после некоторого молчания, — вы любуетесь невинностию и веселостию этих простяков, сравнивая скуку городских балов с крестьянскими посиделками? И, право, напрасно. Невинности давно уж нету в помине нигде, Горожане говорят, что она полевой цветок, крестьяне указывают на зеркальные стекла, будто она сидит за ними, в позолоченной клетке; между тем как она схоронена в староверских книгах, которым для того только верят, чтоб

11

побранить наше время. А веселость, сударь? Я, пожалуй, оживлю вам для потехи эту обезьяну, называемую вами веселостью. Штоф сладкой водки парням, дюжину пряников молодицам и пары три аршин тесемок девушкам — вот мужицкий рай; надолго ли?

Он вышел и, возвратясь, принес все, о чем говорил, из санок. Как человек привычный к этому делу, он подсел в кружок и совершенно сельским наречием, с разными прибаутками, потчевал пряничными петушками, раздаривал самым пригоженьким ленты, пуговицы на сарафаны, сережки со стеклами и тому подобные безделки, наливал париям водку и даже уговорил некоторых молодиц прихлебнуть сладкой наливки. Беседа зашумела как улей, глаза засверкали у молодцов, вольные выражения срывались с губ, и, слушая россказни незнакомца, нашептываемые им на ухо, красные девушки смеялись и уж гораздо ласковее, хотя исподлобья поглядывали на своих соседов. Чтобы довершить суматоху, он подошел к светцу, в котором воткнутая лучина роняла огарки свои в старую сковороду, стал поправлять ее и потушил, будто ненарочно. Минут десять возился он в темноте, вздувая огонь, и в это время звуки многих нескромных поцелуев раздавались кругом между всеобщим смехом. Когда вспыхнула опять лучина, все уже скромно сидели по местам; но незнакомец лукаво показал мне на румяные щеки красавиц. Скоро оказались тлетворные следствия его присутствия. Охмелевшие крестьяне стали спорить и ссориться между собою; крестьянки завистливым глазом смотрели на подруг, которым достались лучшие безделки. Многие парни, в порыве ревности, упрекали своих любезных, что они чересчур ласково обходились с незнакомым гостем; некоторые мужья грозили уже своим половинам, что они докажут кулаком любовь свою за их перемиги с другими; даже ребятишки на полатях дрались за орехи.

Сложив руки на груди, стоял чудный незнакомец у стенки и с довольною, но ироническою улыбкою смотрел на следы своих проказ.

— Вот люди! — сказал он мне тихо... но в двух этих словах было многое. Я понял, что он хотел выразить: как в городах и селах, во всех состояниях и возрастах подобны пороки людские; они равняют бедных и богатых глупостию; различны погремушки, за которыми кидаются они, но ребячество одинаково. То по крайней мере высказывал насмешливый взор и тон речей; так по крайней мере мне казалось.

Но мне скоро наскучил разговор этого безнравственного

12

существа, и песни, и сельские игры; мысли пошли опять привычною стезею. Опершись рукою об стол, хмурен и рассеян, отвечал я на вопросы, глядел на окружающее, и невольный ропот вырывался из сердца, будто пресыщенного полынью. Незнакомец, взглянув на свои часы, сказал мне:

— Уж скоро десять часов.

Я был очень рад тому; я жаждал тишины и уединения.

В это время один из молодцов, с рыжими усами и открытого лица, вероятно осмеленный даровым Ерофеичем, подошел ко мне с поклоном.

— Что я тебя спрошаю, барин, — сказал он, — есть ли в тебе молодецкая отвага?

Я улыбнулся, взглянув на него: такой вопрос удивил меня очень.

— Когда бы кто-нибудь поумнее тебя сделал мне подобный спрос, — отвечал я, — он бы унес ответ на боках своих.

— И, батюшка сударь, — возразил он, — будто я сомневаюсь, что ты с широкими своими плечами на дюжину пойдешь, не засуча рукавов; такая удаль в каждом русском молодце не диковинка. Дело не об людях, барин; я хотел бы знать, не боишься ли ты колдунов и чертовщины?

Смешно бы было разуверять его; напрасно уверять в моем неверии ко всему этому.

— Чертей я боюсь еще менее, чем людей! — был мой ответ.

— Честь и хвала тебе, барин! — сказал молодец. — Насилу нашел я товарища. И ты бы не ужастился увидеть нечистого носом к носу?

— Даже схватить его за нос, друг мой, если б ты мог вызвать его из этого рукомойника...

— Ну, барин, — промолвил он, понизив голос и склонясь над моим ухом, — если ты хочешь погадать о чем-нибудь житейском, если у тебя есть, как у меня, какая разлапушка, так, пожалуй, катнем; мы увидим тогда все, что случится с ними и с нами вперед. Чур, барин, только не робеть; на это гаданье надо сердце-тройчатку. Что ж, приказ или отказ?

Я было хотел отвечать этому долгополому гадателю, что он пли дурак, или хвастун и что я, для его забавы или его простоты, вовсе не хочу сам делать глупостей; но в это мгновение повстречал насмешливый взгляд незнакомца, который будто говорил: "Ты хочешь, друг, прикрыть благоразумными словами глупую робость! Знаем мы вашу братью, вольномыслящих дворянчиков!" К этому взору он присоединил и увещание, хотя никак не мог слышать, что меня звали на гаданье.

— Вы, верно, не пойдете, — сказал он сомнительно. — Чему быть путному, даже забавному от таких людей!

— Напротив, пойду!.. — возразил я сухо. Мне хотелось поступить наперекор этому незнакомцу. — Мне давно хочется раскусить, как орех, свою будущую судьбу и познакомиться покороче с лукавым, — сказал я гадателю. — Какой же ворожбой вызовем мы его из ада?

— Теперь он рыщет по земле, — отвечал тот, — и ближе к нам, нежели кто думает; надо заставить его сделать по нашему веленью.

— Смотрите, чтобы он не заставил вас делать по своему хотенью, — произнес незнакомец важно.

— Мы будем гадать страшным гаданьем, — сказал мне на ухо парень, — закляв нечистого на воловьей коже. Меня уж раз носил он на ней по воздуху, и что видел я там, что слышал, — примолвил он, бледнея, — того... Да ты сам, барин, попытаешь все.

Я вспомнил, что в примечаниях к "Красавице озера" ("Lady of the lake") Вальтер Скотт приводит письмо одного шотландского офицера, который гадал точно таким образом, и говорит с ужасом, что человеческий язык не может выразить тех страхов, которыми он был обуян. Мне любопытно стало узнать, так ли же выполняются у нас обряды этого гаданья, остатка язычества на разных концах Европы.

— Идем же сейчас, — сказал я, опоясывая саблю свою и надевая просушенные сапоги. — Видно, мне сегодня Судьба мыкаться конями и чертями! Посмотрим, кто из них довезет меня до цели!

Я переступил за порог, когда незнакомец, будто с видом участия, сказал мне:

— Напрасно, сударь, изволите идти: воображение — самый злой волшебник, и вам бог весть что может почудиться!

Я поблагодарил его за совет, примолвив, что я иду для одной забавы, имею довольно ума, чтоб заметить обман, и слишком трезвую голову и слишком твердое сердце, чтоб ему поддаться.

— Пускай же сбудется чему должно! — произнес вслед мой незнакомец.

Проводник зашел в соседний дом.

— Вечор у нас приняли черного как смоль быка, без малейшей отметки, — сказал он, вытаскивая оттуда свежую шкуру, — и она-то будет нашим ковром-самолетом. — Под мышкой нес он красного петуха, три ножа сверкали за поясом, а из-за пазухи выглядывала головка полуштофа, по его словам

14

какого-то зелья, собранного на Иванову ночь. Молодой месяц протек уже полнеба. Мы шли скоро по улице, и провожатый заметил мне, что ни одна собака на нас не взлаяла; даже встречные кидались опрометью в подворотни и только, ворча, выглядывали оттуда. Мы прошли версты полторы; деревня от нас скрылась за холмом, и мы поворотили на кладбище.

Ветхая, подавленная снегом, бревенчатая церковь возникала посреди полурухнувшей ограды, и тень ее тянулась вдаль, словно путь за мир могильный. Ряды крестов, тленных памятников тлеющих под ними поселян, смиренно склонялись над пригорками, и несколько елей, скрипя, качали черные ветви свои, колеблемые ветром.

— Здесь! — сказал проводник мой, бросив шкуру вверх шерстью. Лицо его совсем изменилось: смертная бледность проступила на нем вместо жаркого румянца; место прежней говорливости заступила важная таинственность. — Здесь! — повторил он. — Это место дорого для того, кого станем вызывать мы: здесь, в разные времена, схоронены трое любимцев ада. В последний раз напоминаю, барин: если хочешь, можешь воротиться, а уж начавши коляду, не оглядывайся, что бы тебе ни казалось, как бы тебя ни кликали, и не твори креста, не читай молитвы... Нет ли у тебя ладанки на вороту?

Я отвечал, что у меня на груди есть маленький образ и крестик, родительское благословение.

— Сними его, барин, и повесь хоть на этой могилке: своя храбрость теперь нам оборона.

Я послушался почти нехотя. Странная вещь: мне стало будто страшнее, когда я удалил от себя моих пенатов от самого младенчества; мне показалось, что я остался вовсе один, без оружия и защиты. Между тем гадатель мой, произнося невнятные звуки, начал обводить круг около кожи. Начертив ножом дорожку, он окропил ее влагою из склянки и потом, задушив петуха, чтобы он не крикнул, отрубил его голову и полил кровью в третий раз очарованный круг. Глядя на это, я спросил:

— Не будем ли варить в котле черную кошку, чтобы ведьмы, родня ее, дали выкупу?

— Нет! — сказал заклинатель, вонзая треугольником ножи, — черную кошку варят для привороту к себе красавиц. Штука в том, чтобы выбрать из косточек одну, которою если тронешь, на кого задумаешь, так по тебе с ума сойдет.

"Дорого бы заплатили за такую косточку в столицах, —

15

подумал я, — тогда и ум, и любезность, и красота, самое счастие дураков спустили бы перед нею флаги".

— Да все равно, — продолжал он, — можно эту же силу достать в Иванов день. Посадить лягушку в дырявый бурак, наговорить, да и бросить в муравейник, так она человеческим голосом закричит; наутро, когда она будет съедена, останется в бураке только вилочка да крючок: этот крючок — неизменная уда на сердца; а коли больно наскучит, тронь вилочкой — как рукавицу долой, всю прежнюю любовь снимет.

"Что касается до забвения, — думал я, — для этого не нужно с нашими дамами чародейства".

— Пора! — произнес гадатель. — Смотри, барин: коли мила тебе душа, не оглядывайся. Любуйся на месяц и жди, что сбудется.

Завернувшись в медвежью шубу, я лег на роковой воловьей шкуре, оставив товарища чародействовать, сколько ему угодно. Невольно, однако ж, колесо мыслей опять и опять приносило мне вопрос: откуда в этом человеке такая уверенность? Он мог ясно видеть, что я вовсе не легковерен, следственно, если думает морочить меня, то через час, много два, открою вполне его обманы... Притом, какую выгоду найдет он в обмане? Ни ограбить, ни украсть у меня никто не посмеет... Впрочем, случается, что сокровенные силы природы даются иногда людям самым невежественным. Сколько есть целебных трав, магнетических средств в руках у простолюдинов... Неужели?.. Мне стало стыдно самого себя, что зерно сомнения запало в мою голову. Но когда человек допустит себе вопрос о каком-либо предмете, значит, верование его поколеблено, и кто знает, как далеки будут размахи этого маятника?.. Чтобы отвлечь себя от думы о мире духов, которые, может статься, окружают нас незримо и действуют на нас неощутимо, я прильнул очами к месяцу.

"Тихая сторона мечтаний! — думал я. — Неужели ты населена одними мечтаниями нашими? Для чего так любовно летят к тебе взоры и думы человеческие? Для чего так мило сердцу твое мерцанье, как дружеский привет иль ласка матери? Не родное ли ты светило земле? Не подруга ли ты судьбы ее обитателей, как ее спутница в странничестве эфирном? Прелестна ты, звезда покоя, но земля наша, обиталище бурь, еще прелестнее, и потому не верю я мысли поэтов, что туда суждено умчаться теням нашим, что оттого влечешь ты сердца и думы! Нет, ты могла быть колыбелью, отчизною нашего духа; там, может быть, расцвело его младенчество, и он любит летать

16

из новой обители в знакомый, но забытый мир твой; но не тебе, тихая сторона, быть приютом буйной молодости души человеческой! В полете к усовершенствованию ей доля — еще прекраснейшие миры и еще тягчайшие испытания, потому что дорогою ценой покупаются светлые мысли и тонкие чувствования!"

Душа моя зажглась прикосновением этой искры; образ Полины, облеченный всеми прелестями, приданными воображением, несся передо мною...

"О! зачем мы живем не в век волшебств, — подумал я, — чтобы хоть ценой крови, ценою души купить временное всевластие, — ты была бы моя, Полина... моя!.."

Между тем товарищ мой, стоя сзади меня на коленах, произносил непонятные заклинания; но голос его затихал постепенно; он роптал уже подобно ручью, катящемуся под снежною глыбою...

— Идет, идет!.. — воскликнул он, упав ниц. Его голосу отвечал вдали шум и топот, как будто вихорь гнал метель по насту, как будто удары молота гремели по камню... Заклинатель смолк, но шум, постепенно возрастая, налетел ближе... Невольным образом у меня занялся дух от боязненного ожидания, и холод пробежал по членам... Земля звучала и дрожала — я не вытерпел и оглянулся...

И что ж? Полштоф стоял пустой, и рядом с ним храпел мой пьяный духовидец, упав ничком! Я захохотал, и тем охотнее, что предо мной сдержал коня своего незнакомец, проезжая в санках мимо. Он охотно помог мне посмеяться такой встрече.

— Не говорил ли я вам, сударь, что напрасно изволите верить этому глупцу. Хорошо, что он недолго скучал вам, поторопившись нахрабрить себя сначала; мудрено ли, что таким гадателям с перепою видятся чудеса!

И между тем злые очи его проницали морозом сердце, и между тем коварная усмешка доказывала его радость, видя мое замешательство, застав, как оробелого ребенка, впотьмах и врасплох.

— Каким образом ты очутился здесь, друг мой? — спросил я неизбежного незнакомца, не очень довольный его уроком.

— Стоит обо мне вздумать, сударь, и я как лист перед травой... — отвечал он лукаво. — Я узнал от хозяина, что вам угодно было ехать на бал князя Львинского; узнал, что деревенские неучи отказались везти вас, и очень рад служить вам: я сам туда еду повидаться под шумок с одною барскою барынею. Мой иноходец, могу похвалиться, бегает как черт от ладану, и через озеро не далее восьми верст!

17

Такое предложение не могло быть принято мною худо; я вспрыгнул от радости и кинулся обнимать незнакомца. Приехать хоть в полночь, хоть на миг... это прелесть, это занимательно!

— Ты разодолжил меня, друг мой! Я готов отдать тебе все наличные деньги! — вскричал я, садясь в саночки.

— Поберегите их у себя, — отвечал незнакомец, садясь со мною рядом. — Если вы употребите их лучше, нежели я, безрассудно было бы отдавать их, а если так же дурно, как я, то напрасно!

Вожжи натянулись, и как стрела, стальным луком ринутая, полетел иноходец по льду озера. Только звучали подрези, только свистел воздух, раздираемый быстрою иноходью. У меня занялся, дух и замирало сердце, видя, как прыгали наши казанки через трещины, как вились и крутились они по закраинам полыней. Между тем он рассказывал мне все тайные похождения окружного дворянства: тот волочится за предводительшей; та была у нашего майора в гостях под маскою; тот вместо волка наехал с собаками на след соседа и чуть не затравил зверька в спальне у жены своей. Полковник наш поделился сколькими-то тысячами с губернатором, чтоб очистить квитанцию за постой... Прокурор получил недавно пирог с золотою начинкою, за то, чтоб замять дело помещика Ремницына, который засек своего человека, и проч., и проч.

— Удивляюсь, как много здесь сплетней, — сказал я, — дивлюсь еще более, как они могут быть тебе известны.

— Неужели вы думаете, сударь, что серебро здесь ходит в другом курсе или совесть судейская дороже, нежели в столицах? Неужели вы думаете, что огонь здесь не жжет, женщины не ветреничают и мужья не носят рогов? Слава богу, эта мода, я надеюсь, не устареет до конца света! Это правда, теперь больше говорят о честности в судах и больше выказывают скромности в обществах, но это для того только, чтоб набить цены. В больших городах легче скрыть все проказы; здесь, напротив, сударь, здесь нет ни модных магазинов, ни лож с решетками, ни наемных карет, ни посещений к бедным; кругом несметная, но сметливая дворня и ребятишки на каждом шагу. Вышло из моды ходить за грибами, и еще не введены прогулки верхом, так бедняжкам нежным сердцам, чтобы свидеться, надо ждать отъезжего поля, или престольного праздника у соседов, или бурной ночи, чтобы дождь и ветер смели следы отважного обожателя, который не боится ни зубов собак, ни языков соседок. Впрочем, сударь, вы это знаете не хуже моего. На бале будет звезда здешних красавиц, Полина Павловна.

— Мне все равно, — отвечал я хладнокровно.

— В самом деле? — произнес незнакомец, взглянув на меня насмешливо-пристально. — А я бы прозакладывал свою бобровую шапку и, к ней в придачу, свою голову, что вы для нее туда едете... В самом деле, вам бы давно пора осушить поцелуями ее слезы, как это было три недели тому назад, в пятом часу после обеда, когда вы стояли перед ней на коленах!

— Бес ты или человек?! — яростно вскричал я, схватив незнакомца за ворот. — Я заставлю тебя высказать, от кого научился ты этой клевете, заставлю век молчать о том, что знаешь.

Я был поражен и раздражен словами незнакомца. От кого мог он сведать подробности моей тайны? Никому и никогда не открывал я ее; никогда вино не исторгало у меня нескромности; даже подушка моя никогда не слыхала звука изменнического; и вдруг вещь, которая происходила в четырех стенах, между четырьмя глазами, во втором этаже и в комнате, в которой, конечно, никто не мог подсмотреть нас, — вещь эта стала известною такому бездельнику! Гнев мой не имел границ. Я был силен, я был рассержен, и незнакомец дрогнул, как трость в руке моей; я приподнял его с места. Но он оторвал прочь руку мою, будто маковку репейника, и оттолкнул, как семилетнего ребенка.

— Вы проиграете со мной в эту игру, — сказал он хладнокровно, однако ж решительно. — Угрозы для меня монета, которой я не знаю цены; да и к чему все это? Скрипучую дверь не заставишь молчать молотом, а маслом; притом же моя собственная выгода в скромности. Вот уж мы и у ворот княжего дома; помните, несмотря на свою недоверчивость, что я вам на всякую удалую службу неизменное копье. Я жду вас для возврата за этим углом; желаю удачи!

Я не успел еще образумиться, как санки наши шаркнули к подъезду и незнакомец, высадив меня, пропал из виду. Вхожу, — все шумит и блещет: сельский бал, что называется, в самом развале; плясуны вертелись, как по обещанию, дамы, несмотря на полночь, были очень бодры. Любопытные облепили меня, чуть завидев, и полились вопросы и восклицания ливмя. Рассказываю вкратце свое похождение, извиняясь перед хозяевами, прикладываюсь к перчаткам почетных старух, пожимаю руки друзьям, бросаю мимоходом по лестному словцу дамам и быстро пробегаю комнаты одну за другою, ища Полины. Я нашел ее вдали от толпы, одинокую, бледную, с поникшею головою, будто цветочный венок подавлял ее как свинец. Она радостно вскрикнула, увидев меня, огневой румянец вспыхнул на лице; хотела встать, но силы ее оставили, и она снова опустилась в кресла, закрыв опахалом очи, будто ослепленная внезапным блеском.

Укротив, сколько мог, волнение, я сел подле нее. Я прямо и откровенно просил у ней прощенья в том, что не мог выдержать тяжкого испытания, и, разлучаясь, может быть навек, прежде чем брошусь в глухую, холодную пустыню света, хотел еще однажды согреть душу ее взором, — или нет: не для любви — для науки разлюбить ее приехал я, из желания найти в ней какой-нибудь недостаток, из жажды поссориться с нею, быть огорченным ее упреками, раздраженным ее холодностию, для того, чтобы дать ей самой повод хотя в чем-нибудь обвинять меня, чтобы нам легче было расстаться, если она имеет жестокость называть виною неодолимое влечение любви, помня заветы самолюбца-рассудка и не внимая внушениям сердца!.. Она прервала меня.

— Я бы должна была упрекать тебя, — сказала она, — но я так рада, так счастлива, тебя увидев, что готова благодарить за неисполненное обещание. Я оправдываюсь, я утешаюсь тем, что и ты, твердый мужчина, доступен слабости; и неужели ты думаешь, что если б даже я была довольно благоразумна и могла бы на тебя сердиться, я стала бы отравлять укоризнами последние минуты свидания?.. Друг мой, ты все еще веришь менее моей любви, чем благоразумию, в котором я имею столько нужды; пусть эти радостные слезы разуверят тебя в противном!

Если б было возможно, я бы упал к ногам ее, целовал бы следы ее, я бы... я был вне себя от восхищения!.. Не помню, что я говорил и что слышал, по я был так весел, так счастлив!.. Рука об руку мы вмешались в круг танцующих.

Не умею описать, что со мною сталось, когда, обвивая тонкий стаи ее рукою, трепетною от наслаждения, я пожимал другой ее прелестную ручку; казалось, кожа перчаток приняла жизнь, передавая биение каждой фибры... казалось, весь состав Полины прыщет искрами! Когда помчались мы в бешеном вальсе, ее летающие, душистые локоны касались иногда губ моих; я вдыхал ароматный пламень ее дыхания; мои блуждающие взгляды проницали сквозь дымку, — я видел, как бурно вздымались и опадали белоснежные полушары, волнуемые моими вздохами, видел, как пылали щеки ее моим жаром, видел — нет, я ничего не видал... пол исчезал под ногами; казалось, я лечу, лечу, лечу по воздуху, с сладостным замиранием сердца! Впервые забыл я приличия света и самого себя.

Сидя подле Полины в кругу котильона, я мечтал, что нас только двое в пространстве; все прочее представлялось мне слитно, как облака, раздуваемые ветром; ум мой крутился в пламенном вихре.

Язык, этот высокий дар небес, был последним средством между нами для размена чувствований; каждый волосок говорил мне и на мне о любви; я был так счастлив и так несчастлив, вместе. Сердце разрывалось от полноты; но мне чего-то недоставало... Я умолял ее позволить мне произнести в последний раз люблю на свободе, запечатлеть поцелуем разлуку вечную... Это слово поколебало ее твердость! Тот не любил, кто не знал слабостей... Роковое согласие сорвалось с ее языка.

Только при конце танца заметил я мужа Полины, который, прислонясь к противуположной стене, ревниво замечал все мои взгляды, все наши разговоры. Это был злой, низкой души человек; я не любил его всегда как человека, но теперь, как мужа Полины, я готов был ненавидеть его, уничтожить его. Малейшее столкновение с ним могло быть роковым для обоих, — я это чувствовал и удалился. Полчаса, которые протекли между обетом и сроком, показались мне бесконечными. Через длинную галерею стоял небольшой домашний театр княжего дома, в котором по вечеру играли; в нем-то было назначено свиданье. Я бродил по пустой его зале, между опрокинутых стульев и сгроможденных скамей. Лунный свет, падая сквозь окна, рисовал по стенам зыбкие цветы и деревья, отраженные морозными кристаллами стекол. Сцена чернелася, как вертеп, и на ней в беспорядке сдвинутые кулисы стояли, будто притаившиеся великаны; все это, однако же, заняло меня одну минуту. Если бы я был и в самом деле трус перед бестелесными существами, то, конечно, не в такое время нашла бы робость уголок в груди: я был весь ожидание, весь пламя. Ударило два часа за полночь, и зыблющийся колокол затих, ропща, будто страж, неохотно пробужденный; звук его потряс меня до дна души... Я дрожал, как в лихорадке, а голова горела, — я изнемогал, я таял. Каждый скрип, каждый щелк кидал меня в пот и холод... И, наконец, желанный миг настал: с легким шорохом отворились двери; как тень дыма, мелькнула в нее Полина... еще шаг, и она лежала на груди моей!! Безмолвие, запечатленное долгим поцелуем разлуки, длилось, длилось... наконец Полина прервала его.

— Забудь, — сказала она, — что я существую, что я любила, что я люблю тебя, забудь все и прости!

— Тебя забыть! — воскликнул я. — И ты хочешь, чтобы я разбил последнее звено утешения в чугунной цепи жизни, которую отныне осужден я волочить, подобно колоднику; чтобы я вырвал из сердца, сгладил с памяти мысль о тебе? Нет, этого никогда не будет! Любовь была мне жизнь и кончится только с жизнию!

И между тем я сжимал ее в своих объятиях, между тем адский огонь пробегал по моим жилам... Тщетно она вырывалась, просила, умоляла; я говорил:

— Еще, еще один миг счастья, и я кинусь в гроб будущего!

— Еще раз прости, — наконец произнесла она твердо. — Для тебя я забыла долг, тебе пожертвовала домашним покоем, для тебя презрела теперь двусмысленные взоры подруг, насмешки мужчин и угрозы мужа; неужели ты хочешь лишить меня последнего наружного блага — доброго имени?.. Не знаю, отчего так замирает у меня сердце и невольный трепет пролетает по мне; это страшное предчувствие!.. Но прости... уж время!

— Уж поздно! — произнес голос в дверях, растворившихся быстро.

Я обомлел за Полину, я кинулся навстречу пришедшему, и рука моя уперлась в грудь его. Это был незнакомец!

— Бегите! — сказал он, запыхавшись. — Бегите! Вас ищут. Ах, сударыня, какого шуму вы наделали своею неосторожностью! — примолвил он, заметив Полину. — Ваш муж беснуется от ревности, рвет и мечет все, гоняясь за вами... Он близко.

— Он убьет меня! — вскричала Полина, упав ко мне на руки.

— Убить не убьет, сударыня, а, пожалуй, прибьет; от него все станется; а что огласит это на весь свет, в том нечего сомневаться. И то уж все заметили, что вы вместе исчезли, и, узнав о том, я кинулся предупредить встречу.

— Что мне делать? — произнесла Полина, ломая руки и таким голосом, что он пронзил мне душу: укор, раскаяние и отчаяние отзывались в нем.

Я решился.

— Полина! — отвечал я. — Жребий брошен: свет для тебя заперт; отныне я должен быть для тебя всем, как ты была и будешь для меня; отныне любовь твоя не будет знать раздела,

22

ты не будешь принадлежать двоим, не принадлежа никому. Под чужим небом найдем мы приют от преследований и предрассудков людских, а примерная жизнь искупит преступление. Полина! время дорого...

— Вечность дороже! — возразила она, склонив голову на сжатые руки.

— Идут, идут! — вскричал незнакомец, возвращаясь от двери. — Мои сани стоят у заднего подъезда; если вы не хотите погибнуть бесполезно, то ступайте за мною!

Он обоих нас схватил за руки... Шаги многих особ звучали по коридору, крик раздавался в пустой зале.

— Я твоя! — шепнула мне Полина, и мы скоро побежали через сцену, по узенькой лесенке, вниз, к небольшой калитке.

Незнакомец вел нас как домашний; иноходец заржал, увидев седоков. Я завернул в шубу свою, оставленную на санях, едва дышащую Полину, впрыгнул в сани, и когда долетел до нас треск выломленных в театре дверей, мы уже неслись во всю прыть, через село, вкруг плетней, вправо, влево, под гору, — и вот лед озера звучно затрещал от подков и подрезей. Мороз был жестокий, но кровь моя ходила огневым потоком. Небо яснело, но мрачно было в душе моей. Полина лежала тиха, недвижна, безмолвна. Напрасно расточал я убеждения, напрасно утешал ее словами, что сама судьба соединила нас, что если б она осталась с мужем, то вся жизнь ее была бы сцепление укоризн и обид!

— Я все бы снесла, — возразила она, — и снесла терпеливо, потому что была еще невинна, если не перед светом, то перед богом, но теперь я беглянка, я заслужила свой позор! Этого чувства не могу я затаить от самой себя, хотя бы вдали, в чужбине, я возродилась гражданки, в новом кругу знакомых. Все, все можешь ты обновить для меня, все, кроме преступного сердца!

Мы мчались. Душа моя была раздавлена печалью. "Так вот то столь желанное счастье, которого и в самых пылких мечтах не полагал я возможным,

— думал я, — так вот те очаровательные слова я твоя, которых звук мечтался мне голосом неба! Я слышал их, я владею Полиною, и я так глубоко несчастлив, несчастнее чем когда-нибудь!"

Но если наши лица выражали тоску душевную, лицо незнакомца, сидящего на беседке, обращалось на нас радостнее обыкновенного. Коварно улыбался он, будто радуясь чужой беде, и страшно глядели его тусклые очи. Какое-то невольное чувство отвращения удаляло меня от этого человека, который так нечаянно навязался мне со своими роковыми услугами. Если б я верил чародейству, я бы сказал, что какое-то неизъяснимое обаяние таилось в его взорах, что это был сам лукавый, — столь злобная веселость о падении ближнего, столь холодная, бесчувственная насмешка были видны в чертах его бледного лица! Недалеко было до другого берега озера; все молчали, луна задернулась радужною дымкою.

Вдруг потянул ветерок, и на нем послышали мы за собой топот погони.

— Скорей, ради бога, скорей! — вскричал я проводнику, укротившему бег своего иноходца.

Он вздрогнул и сердито отвечал мне:

— Это имя, сударь, надобно бы вам было вспомнить ранее или совсем не упоминать его.

— Погоняй! — возразил я. — Не тебе давать мне уроки.

— Доброе слово надо принять от самого черта, — отвечал он, как нарочно сдерживая своего иноходца. — Притом, сударь, в Писании сказано: "Блажен, кто и скоты милует!" Надобно пожалеть и этого зверька. Я получу свою уплату за прокат; вы будете владеть прекрасною барынею; а что выиграет он за пот свой? Обыкновенную дачу овса? Он ведь не употребляет шампанского, и простонародный желудок его не варит и не ценит дорогих яств, за которые двуногие не жалеют ни души, ни тела. За что же, скажите, он надорвет себя?

— Пошел, если не хочешь, чтобы я изорвал тебя самого! — вскричал я, хватаясь за саблю. — Я скоро облегчу сани от лишнего груза, а свет от подобного тебе бездельника!

— Не горячитесь, сударь, — хладнокровно возразил мне незнакомец. — Страсть ослепляет вас, и вы становитесь несправедливы, потому что нетерпеливы. Не шутя уверяю вас, что иноходец выбился из сил. Посмотрите, как валит с него пар и клубится пена, как он храпит и шатается; такой тяжести не возил он сроду. Неужели считаете вы за ничто троих седоков... и тяжкий грех в прибавку? — примолвил он, обнажая злой усмешкою зубы.

Что мне было делать? Я чувствовал, что находился во власти этого безнравственного злодея. Между тем мы подвигались вперед мелкою рысцою. Полина осталась как в забытьи: ни мои ласки, ни близкая опасность не извлекли ее из этого отчаянного бесчувствия. Наконец при тусклом свете месяца мы завидели ездока, скачущего во весь опор за нами; он понуждал коня криком и ударами. Встреча была неизбежна... И он, точно, настиг нас, когда мы стали подниматься на крутой

24

въезд берега, обогнув обледенелую прорубь. Уже он был близко, уж едва не схватывал нас, когда храпящая лошадь его, вскочив наверх, споткнулась и пала, придавив под собою всадника. Долго бился он под нею и, наконец, выскочил из-под недвижного трупа и с бешенством кинулся к нам; это был муж Полины.

Я сказал, что я уже ненавидел этого человека, сделавшего несчастною жену свою, но я преодолел себя: я отвечал на его упреки учтиво, но твердо; на его брань кротко, но смело и решительно сказал ему, что он, во что бы ни стало, не будет более владеть Полиною; что шум только огласит этот несчастный случай и он потеряет многое, не возвратив ничего; что если он хочет благородного удовлетворения, я готов завтра поменяться пулями!

— Вот мое удовлетворение, низкий обольститель! — вскричал муж ее и занес дерзкую руку...

И теперь, когда я вспомню об этой роковой минуте, кровь моя вспыхивает как порох. Кто из нас не был напитан с младенчества понятиями о неприкосновенности дворянина, о чести человека благорожденного, о достоинстве человека? Много-много протекло с тех пор времени по голове моей; оно охладило ее, ретивое бьется тише, но до сих пор, со всеми философическими правилами, со всею опытностию моею, не ручаюсь за себя, и прикосновение ко мне перстом взорвало бы на воздух и меня и обидчика. Вообразите ж, что сталось тогда со мною, заносчивым, вспыльчивым юношею! В глазах у меня померкло, когда удар миновал мое лицо: он не миновал моей чести! Как ..лютый зверь кинулся я с саблею на безоружного врага, и клинок мой погрузился трижды в его череп, прежде чем он успел упасть на землю. Один страшный вздох, один краткий, но пронзительный крик, одно клокотание крови из ран — вот все, что осталось от его жизни в одно мгновение! Бездушный труп упал на склон берега и покатился вниз на лед.

Еще несытый местью, в порыве исступления сбежал я по кровавому следу на озеро, и, опершись на саблю, склонясь над телом убитого, я жадно прислушивался к журчанию крови, которое мнилось мне признаком жизни.

Испытали ли вы жажду крови? Дай бог, чтобы никогда не касалась она сердцам вашим; но, по несчастию, я знал ее во многих и сам изведал на себе. Природа наказала меня неистовыми страстями, которых не могли обуздать ни воспитание, ни навык; огненная кровь текла в жилах моих. Долго, неимоверно долго мог я хранить хладную умеренность в речах и поступках при обиде, но зато она исчезала мгновенно, и бешенство овладевало мною. Особенно вид пролитой крови, вместо того чтобы угасить ярость, был маслом на огне, и я, с какою-то тигрового жадностию, готов был источить ее из врага каплей по капле, подобен тигру, вкусившему ненавистного напитка. Эта жажда была страшно утолена убийством. Я уверился, что враг мой не дышит.

— Мертв! — произнес голос над ухом моим. Я поднял, голову: это был неизбежный незнакомец с неизменною усмешкою на лице. — Мертв! — повторил он. — Пускай же мертвые не мешают живым, — и толкнул ногой окровавленный труп в полынью,

Тонкая ледяная кора, подернувшая воду, звучно разбилась; струя плеснула на закраину, и убитый тихо пошел ко дну.

— Вот что называется: и концы в воду, — сказал со смехом проводник мой. Я вздрогнул невольно; его адский смех звучит еще доселе в ушах моих. Но я, вперив очи на зеркальную поверхность полыньи, в которой, при бледном луче луны, мне чудился еще лик врага, долго стоял неподвижен. Между тем незнакомец, захватывая горстями снег с закраин льда, засыпал им кровавую стезю, по которой скатился труп с берега, и приволок загнанную лошадь на место схватки.

— Что ты делаешь? — спросил я его, выходя из оцепенения.

— Хороню свой клад, — отвечал он значительно. — Пусть, сударь, думают, что хотят, а уличить вас будет трудно: господин этот мог упасть с лошади, убиться и утонуть в проруби. Придет весна, снег стает... — И кровь убитого улетит на небо с парами! — возразил я мрачно. — Едем!

— До бога высоко, до царя далеко, — произнес незнакомец, будто вызывая на бой земное и небесное правосудие, — Однако ж ехать точно пора. Вам надобно до суматохи добраться в деревню, оттуда скакать домой на отдохнувшей теперь тройке и потом стараться уйти за границу. Белый свет широк!

Я вспомнил о Полине и бросился к саням; она стояла подле них на коленах, со стиснутыми руками, и, казалось, молилась. Бледна и холодна как мрамор была она; дикие глаза ее стояли; на все вопросы мои отвечала она тихо:

— Кровь! На тебе кровь!

Сердце мое расторглось... но медлить было бы гибельно. Я снова завернул ее в шубу свою, как сонное дитя, и сани полетели.

Один я бы мог вынести бремя зол, на меня ниспавшее. Проникнутый светскою нравственностию, или, лучше сказать, безнравственностию, еще горячий местью, еще волнуем бурными страстями, я был недоступен тогда истинному раскаянию. Убить человека, столь сильно меня обидевшего, казалось мне предосудительным только потому, что он был безоружен; увезти чужую жену считал я, в отношении к себе, только шалостью, но я чувствовал, как важно было все это в отношении к ней, и вид женщины, которую любил я выше жизни, которую погубил своею любовью, потому что она пожертвовала для меня всем, всем, что приятно сердцу и свято душе, — знакомством, родством, отечеством, доброю славою, даже покоем совести и самым разумом... И чем мог я вознаградить ее в будущем за потерянное? Могла ли она забыть, чему была виною? Могла ли заснуть сном безмятежным в объятиях, дымящихся убийством, найти сладость в поцелуе, оставляющем след крови на устах, — и чьей крови? Того, с кем была она связана священными узами брака! Под каким благотворным небом, на какой земле гостеприимной найдет сердце преступное покой? Может быть, я бы нашел забвение всего в глубине взаимности; но могла ли слабая женщина отринуть или заглушить совесть? Нет, нет! Мое счастие исчезло навсегда, и самая любовь к ней стала отныне огнем адским.

Воздух свистел мимо ушей.

— Куда ты везешь меня? — спросил я проводника.

— Откуда взял — на кладбище! — возразил он злобно.

Сани влетели в ограду; мы неслись, задевая за кресты, с могилы на могилу и, наконец, стали у бычачьей шкуры, на которой совершал я гаданье: только там не было уже прежнего товарища; все было пусто и мертво кругом, я вздрогнул против воли.

— Что это значит? — гневно вскричал я. — Твои шутки не у места. Вот золото за проклятые труды твои; но вези меня в деревню, в дом.

— Я уж получил свою плату, — отвечал он злобно, — и дом твой здесь, здесь твоя брачная постель!

С этими словами он сдернул воловью кожу: она была растянута над свежевырытою могилою, на краю которой стояли сани.

— За такую красотку не жаль Души, — примолвил он и толкнул шаткие сани... Мы полетели вглубь стремглав.

Я ударился головою в край могилы и обеспамятел; будто сквозь мутный сон, мне чудилось только, что я лечу ниже и ниже, что страшный хохот в глубине отвечал стону Полины, которая, падая, хваталась за меня, восклицая: "Пусть хоть в аду не разлучают нас!" И, наконец, я упал на дно... Вслед за мной падали глыбы земли и снегу, заваливая, задушая нас; сердце мое замлело, в ушах гремело и звучало, ужасающие свисты и завывания мне слышались; что-то тяжкое, косматое давило грудь, врывалось в губы, и я не мог двинуть разбитых членов, не мог поднять руки, чтобы перекреститься... Я кончался, но с неизъяснимым мучением души и тела. Судорожным последним движением я сбросил с себя тяготящее меня бремя: это была медвежья шуба...

Где я? Что со мной? Холодный пот катился по лицу, все жилки трепетали от ужаса и усилия. Озираюсь, припоминаю минувшее... И медленно возвращаются ко мне чувства. Так, я на кладбище!.. Кругом склоняются кресты; надо мной потухающий месяц; подо мной роковая воловья шкура. Товарищ гаданья лежал ниц в глубоком усыплении... Мало-помалу я уверился, что все виденное мною был только сон, страшный, зловещий сон!

"Так это сон?" — говорите вы почти с неудовольствием. Други, други! неужели вы так развращены, что жалеете, для чего все это не сбылось на самом деле? Благодарите лучше бога, как возблагодарил его я, за сохранение меня от преступления. Сон? Но что же иное все былое наше, как не смутный сон? И ежели вы не пережили со мной этой ночи, если не чувствовали, что я чувствовал так живо, если не испытали мною испытанного в мечте, — это вина моего рассказа. Все это для меня существовало, страшно существовало, как наяву, как на деле. Это гаданье открыло мне глаза, ослепленные страстью; обманутый муж, обольщенная супруга, разорванное, опозоренное супружество и, почему знать, может, кровавая месть мне или от меня — вот следствия безумной любви моей!!

Я дал слово не видеть более Полины и сдержал его.

ЛАТНИК

Рассказ партизанского офицера

Мы гнались за Наполеоном по горячим следам. 22 ноября послал меня Сеславин очистить левую сторону Виленской дороги, с сотнею сумских гусар, взводом драгун Тверского полка да дюжиною донцов. Местом сбора назначено было местечко Ошмяны, и я, получив приказание, что делать и чего не делать, на рысях пустился проселками. День был не морозен, но туманен, и порой перепархивал снежок — лихая пороша на зверей и неприятелей. Впрочем, и без нее легко можно было узнать, где прошли французские отряды: взорванные ящики, брошенные повозки, павшие кони и, что всего ужаснее, замерзшие солдаты устилали дорогу. Мы, правда, уж привыкли к подобным картинам и хладнокровно ехали мимо трупов, распухших и посинелых от антонова огня, не заставляя даже усталых коней своих через них перепрыгивать. На лицах этих несчастных видна была тяжкая печать мучительной кончины. Я бы привел туда молодцов, которые, сидя на печке, уверяют, что смерть от мороза — сладкое усыпление; они увидели бы там всю постепенность борения с одолевающею судьбою, борение судорожное, отчаянное тем более, что они обнажены были товарищами заживо, — чувство самосохранения заглушало тогда во всех сердцах голос сострадания, человечества и братства; мертвецы валялись обнаженные, и лишь снег одевал их холодным покрывалом своим. Отсталые и, как видно, последние были еще не совсем раздеты, но одежда их была плоха, изорвана, ноги обернуты соломою; и так велика была неопытность французов, что у многих из них на спинах веяли бараньи шкуры сверх мундира, вместо того чтоб надеть их под испод. Иные сидели и лежали у потухших огней, с которыми потухла в них жизнь; другие сгорели полуживые, не могши от истощения отодвинуться. Всех более поразил меня гренадер старой гвардии: глядим — он стоит вдали, опершись о ружье; подъезжаем ближе — он мертвый. Густая медвежья шапка оттеняла сдвинутые страданием брови и закатившиеся его глаза; из-под огромных усов, на которых недвижимо низался иней, сверкали стиснутые зубы.

Под моей командою был прекрасный молодой человек, поручик Зарницкий, и волонтер Кравченко, полковой аудитор, который, видя, что в народную войну нужнее сабли, чем перья, бросил артикул и принялся разрешать гордиевы узлы по-александровски. Малый добрый, храбрый как пуля, зато и тяжелый как свинец, из которого она вылита.

Мы все трое подъехали к замерзшему и с содроганием смотрели на его выразительное лицо. Казалось, душа его улетела к милой родине в последнем взоре, но, улетая, оставила в чертах следы прежней гордости и отваги: движение губ выражало презрение боли, его победившей. Он прижимал к груди товарища своих походов — неизменное ружье, и на этой груди виделись раны.

— Бедняга, — сказал аудитор, — как не жаль эдакого молодца, хоть, между нами будь сказано, и француза: ведь в любой полк во флигельманы годится.

— Завидная смерть! — сказал я. — Он умер с оружием и стоя.

— Зато какого имени стоит этот Наполеон, бросая таких людей на жертву своему властолюбию! — возразил поручик с негодованием, показывая на мертвеца и на кровавый след его. — Эти кровавые буквы — приговор его осуждения!

— Попадись только Наполеон к нам в когти, — подхватил с жаром наш коротенький аудитор,— я как раз подведу за конец, чтобы его, яко не имеющего дворянского звания, прогнать за побег сквозь строй шпицрутеном, а за мятеж весьма лишить живота!

Так разговаривая, приближались мы к лесу. Двое самых расторопных казаков почти за версту впереди оглядывали дорогу, а несколько других тянулись по бокам и сзади отряда. Вдруг завидели мы, что один из них стал на месте, между тем как другой начал разводить на скаку круги шире и шире. Зная, что это значит, я выстроил людей справа по шести.

— Сабли вон и стой! Равняйся!

Поджидаю, что будет. Страх люблю видеть русского солдата перед делом. Каждый, оглядывая кремень и стирая ногтем полку, шепчет товарищу: "Слава богу, добрались до них!" И потом с такою непритворною набожностью крестит грудь свою, с такою теплою верою взглядывает на небо! И потом так гордо встряхивается в седле, так уверенно смотрит из-под руки вдаль, как будто говорит: "Ну, сколько вас там, бусурманы? Подавай их сюда!"

Синий дымок взвился с пистолета передового казака — и долго после услышали мы выстрел. Казак уже несся к нам навстречу, между тем как товарищ его принялся кружиться перед опушкою и выманил несколько выстрелов.

Неприятель сказался — вперед!

В тот же миг мы выстроили взводную колонну и пошли рысью к лесу.

— Много ли французов, земляк? — спросил я у казака.

— Словно крупа сыплется; да с ними и пушки есть, — отвечал он.

— Тем лучше, — вскричал поручик Зарницкий, — авось они стрельнут в меня Георгиевским крестом!

Скоро мы были на полвыстрела от опушки, однако ни одна пуля не встречала нас. Это что за известие?

Чтобы не наткнуться на засаду, я не прежде ввел своих в лес, как уверившись, что неприятель стянул своих стрелков на дорогу. Спешив драгун с примкнутыми штыками, я оседлал ее, раскинув по чаще в обе стороны застрельщиков. Мы скоро нагнали отступающих французов: отряд их состоял из батальона пехоты при двух орудиях. Жалко и страшно было смотреть на обезображенных усталостию, морозом и голодом гренадеров; смешно бы было видеть их костюмы, если б мы сами не были убраны чуть не так же. И у них и у нас были люди в рясах, в балахонах, в женских шапочках, у кого нога в лапте, у кого в сапоге; мой вахмистр, лихой рубака, целых два месяца щеголял в салопе какой-то купчихи, а я сам был завернут в ковер, посреди которого прорезал место для головы. В столицах смеялись карикатурам бегства французов из России, но поход и бивачная жизнь нарядили и пас в их мундиры; пестрота была невообразимая!

Французский отряд шел медленно, зато в непроницаемом порядке, и с каждым разом, как мы порывались ударить на них, обращался и, твердой ногой ставши, отстреливался. Батальонный командир вился около своих, ободряя их словом и примером. "Allons, courage, mes enfants, — montrez les dents, camarades, serrez vos rangs, halte! Criblez-moi d'importance ces flandrins: ca tient ,le coeur chaud; filez, filez, vous dis-je... feu!" [Ну, смелее, ребята, — огрызайтесь, смыкайте ряды, стой! Сбейте спесь с этих бездельников: это воспламеняет сердце; стреляйте, стреляйте, говорю я вам... огонь! (фр.)] — и тому подобные приговорки лились у него рекой.

Всякий раз, когда перемежался огонь, голос его слышался громок и внятен. Видя невозможность успеть в нападении по узкой тропинке, мы следовали за ними, по временам меняясь пулями и бранью, которая со времен Гомеровых есть вечный припев сражений и подстреканий удальцов. Неприятельские орудия, подернутые морозом, скрипя и гремя цепями, прыгали через коренья литовских сосен; худые кони, натужась в упор, едва тащили их по гололедице — рвались, скользили, падали; наконец мы заметили, что одно из орудий стало отставать, отставать, и французы, видя, что ни бичом, ни криком нельзя ободрить коней, отпрягли их, загвоздили затравку, изрубили спицы и бросили пушку на дороге.

Разумеется, что и мы сделали то же. Куда нам было возиться с этою дрянью; в двенадцатом году пушками хоть пруд пруди. Мимоходом сказать, большая часть кавалерии и артиллерии наполеоновской погибла не столько от недостатка в кормах, как от безделицы — от неуменья ковать лошадей на шипы. Бедняги на гладких французских подковах оставались, как раки на мели, на чуть-чуть гладкой дороге, и мы нередко ремонтировались брошенными конями, излечая их гарнцом овса и парою цепких подков.

Но лес начал редеть; неприятель выстроил колонну и сдвоил шаг, чтобы через поле скорее добраться до замка, который вдали выглядывал из-за деревеньки. Я усилил фланкеров.

Казаки и гусары мои налетали на колонну, как ласточки на ястреба, и щипали его по перу; одни за другими падали французы на следы свои, порой валился ц русский. Мне наскучили эти шутки.

Выбрав чистое место, я развернул фронт, в надежде смять натиском неприятеля и захватить пушку, — но он угадал меня, на бегу выстроил каре, маскировал орудие и стал недвижим. Люди у меня были сорвиголова, наезжены лихо, оружием владеть мастера, прокопчены порохом до костей и так приметались ежедневными стычками к нападениям, что слушались слова начальника пуще пули неприятельской; со всем тем атаковать опытную пехоту конницею — заставит хоть у кого прыгать ретивое. Впрочем, фланговые и замочные унтер-офицеры — это нравственное основание строя — были у нас в отряде народ отличной храбрости. Ходили мы в атаку не иначе как рысью, затем что нестись во весь опор за версту кончается обыкновенно тем, что строй разорвется, многие кони задохнутся, многие понесут и лишь одна горсть отважных доскакивает до неприятельского фронта и, опрокинутая, улепетывает назад быстрее натиска. Кричать "ура" не было заводу, затем что те, которые ревут прежде всех и раньше поры, первые осаживают под шумок коней и оттого расстроивают купность удара. Напомнив гусарам, что и как должны они делать, я повел атаку ровно, смело. Мерзлая земля загудела под мерною рысью; уланские пики, которыми тогда вооружены были и гусары, залепетали флюгерами, и бренчанье оружия раздалось в осеннем воздухе; все это покрывалось изредка словами: равняться, не волноваться, не заваливать плеч! В неприятельском фронте была смертная тишина, мы близились быстро; можно уж было различать бледные лица и сверкающие над стволами глаза гренадеров под наклоненными их шапками. В ста шагах я скомандовал марш-марш и с поднятою саблею кинулся на рогатку штыков; в то же мгновение за криком feu! [Огонь! (фр.)] грянул пушечный выстрел, картечи запрыгали около, и густой батальный огонь покатился вдоль фасов, — он развеял наш фронт как пух. Кони смешались, на раненых спотыкались здоровые, мы принуждены были обратиться назад. Картечь и штыки — нестерпимые вещи для лошадиной натуры. Три раза еще порывались мы пробить каре, и три раза были отбиты. Я грыз зубы. Поручик бесновался... но делать было нечего. Пришлось, сберегая людей, ограничиться перестрелкою, ожидая удобнейшего местоположения или времени. Завязать дело было необходимостью, чтобы развлечь внимание неприятельского корпуса. Пускай себе думают, что мы, обманувшись, преследуем Наполеона проселками, между тем как наши летучие отряды катились у него на шпорах.

Так догнали мы храбрых своих врагов до небольшой деревеньки при замке Треполь. Между тем люди и кони мои изнурились давним налетом как нельзя более, — надобно было освежить тех и других, а в поле ни стога сена, в саквах ни крошки сухарей; волей и неволей приходилось добыть себе хлеб насущный и ночлег в деревне, прогнав из нее неприятеля. На русского солдата всего сильнее действует такая логика, и когда я объявил им в чем дело, они с жаром кинулись выбивать французов из засады. Впереди шли драгуны в штыки, гусары с карабинами подкрепляли их, казаки зажигали домы с боков, — это подействовало: мы потеснили их до самого замка, ворвались во двор, и, наконец, они заняли только самый корпус дома панского и в нем отстреливались тем отчаяннее, тем безопаснее, что взвезли на подъезд свое орудие и очищали им весь двор, сквозь огромные двери сеней. С других сторон окна были высоко от земли, и потому самою выгодною точкою нападения оставалось орудие, во-первых потому, что к нему и мимо его в дом можно было взбежать по подъезду, а в окна под ружейным огнем — плохая дорога; во-вторых, проникнув в средину, мы бы разрезали осажденных на две половины и, следственно, могли гораздо легче с ними управиться. Чего долго думать.

— Ребята, вперед, ура, в штыки, в дротики! За мной! — закричал мой поручик и бросился на пушку с охотниками;

выстрел сверкнул — и наших обдало как варом. Зарницкий упал со стоном, и солдаты отступили в беспорядке. Я был впереди, кричал, сердился, приказывал, грозил — все даром: люди мои будто ничего не слыхали, перестреливаясь издали, медленно, лениво, — я кипел негодованием и досадой.

Вдруг, видим мы, несется к нам на рыжем коне всадник, в черных латах, в блестящей каске, из-под заброшенной за спину шинели сверкал штаб-офицерский эполет. Прискакав под выстрел, он спрыгнул с коня и обнажил палаш свой.

— Вперед, вперед! — крикнул он. — Сомкни ряды. Господин ротмистр, вы должны непременно взять этот замок! Ребята! вы русские, — вам стыдно отступать, за мной, товарищи; я ваш начальник; смерть тому, кто отстанет, — на руку, ура!

С этим словом он кинулся к стене, не оглядываясь назад, как будто уверенный, что магический пример его увлечет всех за собою. И в самом деле, нежданное появление этого латника, его колоссальные формы, его бесстрашная осанка, его повелительный голос показались солдатам чем-то сверхъестественным; они ожили, посильнели.

— Ура! — раздалось в ответ на призыв латника, на усиленный огонь французов, и все мы кинулись к подъезду, вынося друг друга на плечах; выстрел, картечь через головы, пошла резня рукопашная. Мы ворвались в комнаты, и дело решилось. Кирасир рубил без пощады; каждый взмах его падал смертью, — он рассек голову французскому батальонному командиру, едва тот успел завалить затравку, и несчастный упал в крови через лафет; солдаты мои остервенились потерею многих товарищей и с ожесточением кололи всех французов и вооруженных шляхтичей, упорно против нас защищавшихся.

Картина была ужасная!

Пороховой дым густыми облаками ходил по залам; кровь, смешанная с рассыпанным порохом, залила паркет, на котором лежали, между множеством трупов, украшения потолка, обрушенные от выстрелов. Разъяренные победители ломали мебели, били стекла и зеркала, обдирали обои; наконец, вызванные из замка для фуражировки, добычи, гораздо для них нужнейшей самого золота, они рассыпались по деревне, и в замке все утихло. Воображать себе, что солдаты в военное время так смирны, как это пишется, — надо быть или очень легковерну, или вовсе слепу: общая опасность уравнивает больше или менее все чины, а необходимость заставляет глядеть сквозь пальцы на некоторые своевольства. Так идет в строю; в летучем же партизанском отряде, которого главная цель есть вредить неприятелю всякими средствами, вести, так сказать, разбойничью войну, — еще более случаев пограбить за глазами начальников. Следуя правилу своему — расхищать, что могут найти, истреблять, чего нельзя унести, чтобы врагу не досталось ни синего пороха, ни соломинки на кровлю, ни прутика для огня, — мои молодцы с особенною ловкостию пустились шарить и шныхарить. Взяв все предосторожности от внезапностей, я велел караульным разложить в одной из комнат, менее других пострадавшей, огонь в камине и перенес туда оконтуженного поручика. Он кряхтел и бранился, между тем как фельдшер натирал ему больной бок спиртом. Я, усталый, лежал перед огоньком на гусарских плащах. В окно светило зарево пожара, и от времени до времени слышались в селении пистолетные выстрелы.

— Проклятая пушка! — приговаривал, охая, Зарницкий при каждом разе, когда фельдшер касался до контуженного места. — Она, словно клад, не давалась мне в руки. Под Красным французская сабля мне хотя прорезала на груди петлицу, да по крайней мере я вдел в нее "Владимира" с бантом, а эта упрямица отбоярилась от меня одним чугунным поцелуем. Ох, проклятая пушка!

— Утешься, Зарницкий, она не ушла от нас! — сказал я.

— Да не пойдет и с нами. Дорога еще не окрепла, кони истощены, и колеса будут резать за ступицы. Она свяжет пас по рукам и по ногам; при летучем отряде не впору ползти этому медному тюленю.

— О перевозке не заботься: я уж велел положить ее на розвальни, и тебя жалую начальником всей нашей зимней артиллерии.

— Эта зимняя артиллерия нагрела мне бок похуже Петровок; да скажи, пожалуй, куда девался этот кирасирский великан, который выхватил у меня пушку из-под носу? Когда я очнулся, то в облаках серного дыма он, в белом мундире и в латах своих, показался мне за привидение. Нечего сказать, удалец, — он крошил палашом своим, как будто в кулаке у него сидел целый легион чертей, и метался в схватке, будто на нем надета была заговоренная кожа Ахиллеса. Не убит ли, не ранен ли он?

— Не знаю. Видел его я до самого конца дела, в запальчивости он истреблял встречного и поперечного; не было пощады даже тем, которые просили пардону. Кровь струей бежала с его клинка, с особенною, какою-то дикою радостью рубил он вооруженных врагов, и всякий раз, когда человек падал трупом к ногам его, он, вглядываясь в лицо,

35

восклицал: "Это не он! все еще не он!" и спешил далее. Мне сказывали — увязавшись за кем-то в погоню, он исчез в потемках... Может статься, где-нибудь и застрелили его... Я велел всюду его искать, но до сих пор еще не нашли латника.

— Нашли, нашли! — кричал, вбегая, запыхавшись, наш кубический аудитор.

— Ура! наша взяла! Мир России, слава и честь аудитору двенадцатого класса Кравченке; поздравьте меня, обнимите меня, расцелуйте меня в лепестки. Уф!.. я не могу более...

При этом он упал в кресла и, пыхтя, с гордым видом поглядывал на нас свысока. Мы с улыбкою взглянулись, желая найти на лице другого разгадку этим междометиям.

— Теперь мое имя будет сиять не в одних скрепах шнуровых книг — оно загремит в реляциях, в газетах, в историях!.. — продолжал Кравченко, собравшись с духом. — Да, да, в историях!

— По крайней мере в какой-нибудь комедии, — сказал поручик, следя глазами аудитора, который в припадке самодовольствия вертелся и прыгал по комнате, словно кубарь.

— Чинов, крестов, пансионов — бери не хочу! Да то ли еще? На меня сбегутся смотреть стар и мал, когда я приеду в Петербург, как на моржа, который в кадке играет на гитаре. Меня наперехват будут звать вельможи на обеды, а про места и говорить нечего — хоть в министры юстиции; впрочем, господа, я и в счастии не позабуду вас... Вы, пожалуйте, обращайтесь ко мне по-дружески, если припадет нужда, — для кого же и не послужить в случае, когда не для старых приятелей? Кстати, господа, вы будете моими дружками, когда я женюсь на дочери Платова!..

Мы долго смотрели серьезно на его проказы, как он, подымаясь на цыпочки, воображал, что задевает носом за облака; мы долго слушали его нелепости, но при последнем восклицании хоть и уверились, что он рехнулся, но никак не могли удержаться от смеха, — так забавен был наш маленький человечек. В свою очередь и он с удивлением глядел на нас из широких кресел, как сытый кот из слухового окна; он не постигал, чему хохочем мы, схватясь за бока.

— Не проглотил ли ты, любезный Лука Андроныч, чертенка вместо мухи? — спросил поручик.

— Не опоили ли тебя французы дурманом? — сказал я.

— Или не хочешь ли ты прикинуться сумасшедшим, чтобы поправить прежнюю репутацию своего рассудка? Авось скажут, коли сошел с ума, верно было с чего, — подхватил Зарницкий.

— Не худо бы вам успокоиться, — примолвил я. — От бессонницы долго ли приключиться белой горячке?

— Советовал бы я вам пустить себе самим рожечную кровь... — отвечал с досадою Кравченко. — Экая невидаль — дочь Платова! Да чем бы я не зять атаману? Ведь он сам объявил всем и каждому циркулярно, что кто захватит Наполеона, за того он отдаст дочь свою, будь он простой казак, не только аудитор двенадцатого класса, представленный к получению "Анны" на шпагу! Разве не слыхали вы этой новости? [Кто не помнит этого слуха во время Отечественной войны? Это была выдумка, но выдумка, характеризующая дух народный; она объяла всю Европу. Я видел английскую картину, изображающую прекрасную казачку, с надписью: "Miss Platoff", и внизу: "I join my heart to my father's will", то есть предаю сердце к воле отеческой, (Примеч. автора.)]

— А вы небось ей поверили? Знайте же, господин аудитор двенадцатого класса, представленный к получению "Анны" на шпагу и проч., и проч., и проч., что у Платова нет дочери-невесты, что он никогда не думал и не гадал объявлять подобного предложения. Но если б даже, по щучьему веленью, а по вашему хотенью, у него и была бы дочь, если б даже нелепая лотерея эта была в самом деле вещь сбыточная, — я все-таки не вижу, почему бы наш Лука Андронович мог иметь право на ее руку?

— Не только на ее руку, ротмистр, на ее обе руки, на нее всю с головы до ног, с душою и сердцем и с богатым приданым барыша. Да неужели я до сих пор не объявил вам о славном моем подвиге, о счастливой находке своей?

Там, в темном подвале, в самой трущобе, между хламом и ломаною мебелью, знаете ли, какой клад открыл я?

— Верно, бочонок с водкою или свиной окорок, — хладнокровно отвечал поручик. — Я не знаю, что бы иначе могло до такой степени переболтать все параграфы умственного артикула в голове нашей полевой юстиции!

— О, зависть, зависть! — вскричал Кравченко, поднимая свои телячьи глаза к потолку. — Едва успел я отличиться, меня заране хотят унизить насмешками, отбить славу клеветою. Пусть! Разве не все великие люди имели такую же участь, — да хотя бы и не все?.. Я тем не менее свершил дело знаменитое и заверил его законными и уважительными свидетельствами; теперь никто в свете не оспорит, что я этими руками взял в плен Наполеона!

— Наполеона? — вскричал поручик, вскакивая со стула

невольно. — Наполеона, который уже два раза ускользнул у нас между пальцев, вы, сударь, ты, Кравченко, взял Наполеона?

— Я, сударь, я сам взял Наполеона с мясом и с костями, говорю я вам!.. Неужто я не знаю его проклятого носа, его зеленых глаз, его синего мундира и шляпы корабликом? Разве не двадцать раз видел я его — во сне и на карикатуре! Да вот он и сам — лукавый легок на помине.

Мы оба очень мало верили проницательности аудитора, еще меньше — возможности захватить на этой дороге Бонапарта; но достичь его было самою меткою мечтою, самым пылким желанием, так сказать осью помешательства, — ив этот раз, по обыкновенной всей людям слабости к вестям самым несбыточным, впали в раздумье. "Чем черт не шутит! — ворчал поручик. — Легко статься может, что Наполеон нарочно кинулся проселками, обманывая погоню! Может, истребленный батальон был его конвоем!.. Из чего бы иначе им так упорно было драться!" В таких мыслях бросились мы к дверям, в которые входила толпа наших наездников с пленным посереди.

— Вот он, вот он! — шумели гусары. Они уж вспрыснули победу некупленного водкою, и были, что называется, навеселе, и еще более расхорохорились от уверений аудитора.

— Я первый увидел его, ваше благородие! — сказал, выступи вперед, рослый драгун.

— Я первый нашел его! — восклицал другой, пристукивая каблуком, чтоб его не забыли, так мочно, что с потолка падала известь.

— Я первый схватил его!.. — уверял казак.

— Я вытащил, я держал за руку, за ногу, за шею!.. — кричали другие.

— Без нас он бы дал стречка! — вопияли третьи. Я велел всем молчать.

— Подведите-ка пленника ближе к огню.

— Бросьте в огонь — только дайте мне расписку, что получили от меня Наполеона в целости, — ворчал аудитор сквозь зубы.

Пленник приблизился, и мы с жадностию, почти с трепетанием страха и надежды устремили на него глаза: перед нами стоял тамбурмажор какого-то егерского французского полка, с преглупою и вместе с прежалкою рожею; общипанный мундир с полинявшими галунами, треугольная шляпенка на голове и на ногах вместо сапогов русские рукавицы — вот в каком виде представился нам двойник всемирного завоевателя. Надобно к этому прибавить, что, избегнув побоища, он был бледен как смерть, исключая носа, из которого и сам страх не мог выжать винного румянца. Он трепетал всем телом, потому что солдаты в жару патриотизма провожали барабанного императора, кажется, не одними угрозами.

Мы покатились со смеху. Аудитор между тем, выставя одну ногу вперед и водя чуть не по лицу пленника указательным пальцем, начал разбирать его по частям.

— Видите ли вы этот желтый, пергаменный лоб, на котором написаны его сатанинские замыслы? Видите ли этот ястребиный нос, который за тысячу верст чует добычу? Видите ли зеленые как у змея глаза, которыми он наяву морочит человека, эти коротенькие руки с длинными когтями, это крутое брюхо, которое было несыто, проглотив целиком Европу?.. Видите ли, что у него на лице написано число 666, он же есть антихрист, сиречь Аполион, то есть Наполеон Бонапарт?

— Прокатись-ка верхом, любезный Лука Андронович, на этом пленнике, ты будешь точно грех на звере Апокалипсиса!

— Не под седло, а под нозе русских надо низвергнуть этого супостата. Зачем ты навалился на Русь с двудесятыр язык? Говори, отвечай! Не заминайся! — вскричал аудитор. — Признайся... кто у тебя были на Руси сообщники?

Бедняга тамбурмажор стоял ни жив ни мертв и дрожал словно осиновый лист, видя, как петушится около него аудитор, которого, без сомнения, он считал по крайней мере главным начальником отряда. "Mon capitaine, mon colonel, mon general" [Капитан, полковник, генерал (фр.)], — твердил он ему при каждом слове, прося пощады; но тот не хотел принимать от корсиканского выходца ни даже маршальского достоинства. Наконец нам стало жаль этого копеечного Наполеона, и я, попрося нашего героя успокоиться, сказал ему, что он очень ошибся в своем призе — что это ни больше, ни менее, как французский тамбурмажор, то есть почти барабанный староста.

— Хитрости, притворство, лицемерие! — воскликнул наш аудитор. — Вот еще новости — тамбурмажор! По барабану этого старосты плясала вся Европа, так пускай теперь спляшет по нашей дудке. Как ты ни зовись, мусье Наполеон, чем ты ни прикидывайся, а не миновать тебе железной клетки, как Пугачеву: будешь в птичьем ряду в Москве на потеху ребятишкам! Вы, господин ротмистр, как я усматриваю, хотите изменить отечеству и отпустить этого антихриста, — так знайте, что если это сбудется, я донесу обо всем высшему начальству... Будьте уверены, я возьму свое... Ни пенсия, ни приданое не ускользнут от моих рук!

Я вовсе не был расположен сердиться и потому очень скромно, однако ж твердо сказал ему, чтобы он не вмешивался в мои распоряжения; что если мне дана власть, то, само собой разумеется, возложена за нее и ответственность, только не перед ним; что по окончании наезда он может доносить что угодно и кому угодно, но когда будет писать об этом приключении, то не худо бы прибавить туда статью: что он, г-н аудитор двенадцатого класса, представленный к ордену св. Анны 3-й степени, был не в полном разуме.

— Эта статья будет излишняя, — заметил поручик, пуская ему под нос клубы дыму, — и без нее никто в этом не усомнится. Впрочем, я не знаю, любезный ротмистр, почему бы не послать в главную квартиру Луку Андроновича курьером вместе с этим Наполеоном, они развеселили бы всю армию на целую неделю.

Аудитор принял это за чистые деньги и вытянулся, как фельдъегерь, готовый получить подорожную. Но я в таком же тоне возразил, что, по недостатку в нашем отряде хлеба и водки, для нас самих необходимо подобное ободрение. Я велел, между прочим, стеречь этого пленника да осмотреть его.

— И всеконечно осмотреть! — вскричал аудитор. — Говорят, супостат завсегда носит в перстне яд. Умри он — так и поминай как звали дочь Платова, невесту мою.

— Разумеется, осмотреть, — примолвил насмешливо поручик, — того и гляди, что у него нос заряжен картечью: сохрани боже чихнет, так и жениху не уйти.

— Мы уж и то обшарили его до самой кожи, ваше благородие, — отвечал один из гусаров, — да ничего не нашли в карманах, кроме двух накрахмаленных воротников и фабренной щеточки!

Рассерженный аудитор уселся в углу, что-то ворча про себя. Пленника увели очень довольного, что избегнул побоища по счастливой ошибке. Мы с поручиком уселись у огня. Не прошло пяти минут, к нам опять тащат другого пленника: казаки, которые чуют золото лучше всякого горного офицера, то пробуя шомполом стены и пол на звук, то наливая воду на землю, чтобы угадать по тому, скоро или медленно она всасывает ее, не взрыта ли она недавно, то перерывая даже золу в печках, — казаки, говорю, вытащили с чердака эконома замка, предоброго старика. Ободрив его ласковыми словами, мы от нечего делать принялись его расспрашивать, чей это замок, и то, и се, и пятое, и десятое. Вот вам вкоротке, что рассказывал дворецкий.

— Поместье Треполь — родовое князей Глинских.

Последний из них, Наримунт Глинский, мой добрый старый господин, — помяни бог душу его, — имел дочь Фелицию, панну, такую красавицу, что загляденье. Женихов около нее вилось словно пчел около майского розана, только она от них отшучивалась, — видно, мила ей казалась воля девическая. В околотке, года за три до этого, расположена была русская артиллерийская рота... Ею командовал капитан... дай бог памяти, имя такое мудреное, что нейдет ни в ум, ни из памяти. Собою был он человек рослый, видный — молодец лицом и поступью, а уж сердцем да обычаем так что твоя красная девушка! Он стоял в замке... с панной Фелицией бывал с утра до позднего вечера... Молодежь-то крепко полюбилась друг другу, да и сам князь был не прочь сыграть свадьбу, благословить дочь за капитана: он страх любил русских, все, бывало, говаривал, что он сам русской крови. Вот уж дело пошло и на ладах. Капитан был повещен женихом панны Фелиции; он и она были чуть не в небе от радости; да и вся дворня и хлопы, не то что соседи, не нарадовались, что у них будут такие добрые господа. На беду ли, на грех, перед самым шлюбом (свадьбою) пишет мать капитану, что она больна и хотела бы благословить его своей рукою, на советную жизнь и на всякое счастье... Капитан свернулся мигом в дорогу... Слез-то, слез было на расстаньях, что не приведи господи, индо вчуже сердце разрывалось. Панна Фелиция упала в обморок, когда он сел на коня, ветер замел следы его на песке, — бог не судил жениху воротиться. Здесь жил тоже дальний родственник старому князю, грабе Остроленский. Лицом, нечего сказать, красавец, зато душою вьюн; он опутал старика сетью шелковою, да и к жениху подпал он таким другом, что ни тот, ни другой не пили, не ели без него. Промежду тем он исподтишка больно зарился на панну Фелицию и спрятал в сердце досаду, когда капитан оторвал у него от губ подвенечную чару. Чуть уехал капитан, грабе стал рассыпаться мелким бесом пуще прежнего: улещает старика, плачет, словно от луку, с невестою. Уж не ведаю, как это сталось, только мы стали получать от капитана письма день ото дня реже, и с часу на час холодел к нему старый князь Наримунт. Вестимо, панове, дело заглазное; оправдать его было некому, а наговаривать на далекого нашлись добрые люди. Грабе, как жаба, лежал у старика на ухе. Вот и совсем перепала весть о женихе; месяца с четыре ни слуху, ни духу, ни загадочки. Панна Фелиция не осушала очей на солнышке; сидит, бывало, в своей комнате под окном, глядит на дороженьку да горюет, бедняга. Привозит однажды ездовой из города почту. Господа в то время сидели за столом тихо, печально, словно на похоронах. Только пан грабе шутил и смеялся, чтобы развеселить гостей. Подал ездовой князю связку писем, наверху одно с черною печатью. Открыл князь, прочел его и молча передал дочери... Не успела та заглянуть в него — вдруг побледнела, как платок: то была страшная весточка для невесты — жених ее умер.

Время текло у нас тише воды; в гостиных было как на кладбище. Не прошло полугода, слышим; объявляют, что пан грабе Остроленский женится на нашей ксенжничке (княжне)! У девушек коротка память, панна Фелиция, однако ж, не забыла прежнего милого; ее принудили выбрать другого. Отец твердил то и дело: "Я не проживу долго, дай себя увидеть не сиротою, выйди да выйди замуж за грабия"; надо было потешить отца на старости лет. У нас отпраздновали свадьбу. Нечего и говорить, что всего было вдоволь, всего, кроме радости, про любовь ни помину. Не прошло месяца, все оборотилось у нас вверх дном. Пану грабе нужно было не сердце, а приданое Фелиции. Старик отдал ему полную волю в доме и в именье, да и стал у себя первым невольником. Никому не стало житья от нового господина. Он сбил со двора даже старых собак, не то что покоевцев и ловчих. А уж глядеть на нашу милую пани Фелицию — так сердце кровью заливается: чего-то, чего она не перенесла от злости мужа! Попреками да укорами отравлял он ей каждую ложку за обедом и, наконец, до того мучил ее, что заставил принимать к себе свою отъявленную любовницу — настоящую змею подколодную, которая, бывало, спит и видит, как бы огорчить нашу голубку своею наглостью. Бедная графиня сохла, как былинка на камне, таяла, как свеча воску ярого, плакала перед одним паном богом и молчала перед добрыми людьми. Правду сказать, добрые люди скоро покинули замок наш, ворота заросли травою, и двери в столовой приржавели к петлям, — бог снял свое благословение с маионтка княжего после смерти старика Наримунта. То дождь вытопит луга, то град побьет хлеба, то зверь попортит стадо; а карты, эта бесовская грамота, рассыпали по чужим карманам дедовское серебро и золото. Напировавшись со своими панибратами досыта, граф стал уезжать бог весть куда. Настала осень, желтый лист засыпал дорожки сада, однако барыня, не глядя на ветер, бродила по нем будто на прощанье с божьим светом. В один день в сумерки (тут дворецкий оглянулся во все стороны, и, уверясь, что его никто не подслушивает, перекрестился, и, понизив голос, продолжал) — это рассказывал мне покоевец, который завсегда издали ходил за нею... в один день в сумерки она возвращалась тихими шагами в замок, печальна, бледна, потупив голову... как вдруг перед ней стал всадник на вороной, как воронье крыло, лошади... Покоевец присягал на свою душу, что все двери сада были заперты накрепко и что он не слыхал ни топоту, ни ржания конского, — он явился как тень, спрыгнул долой и схватил графиню за руку. Между тем как перепуганный покоевец стоял как вкопанный, всадник что-то тихо и долго говорил с нею... что-то похожее на поцелуй раздалось впотьмах, и вдруг графиня застонала пронзительно... Когда слуга подбежал к ней, черного всадника уж не было! Наутро не нашли даже конских следов по дорожкам сада. Спрашивать о том графиню никто не смел; сама она молчала. Когда ей после этого испуга предложили лекарства, она отвечала, что все напрасно... что она знает наверное час своей смерти и что, едва прорежется рог у нового месяца, ее не станет. С той поры в каждую пятницу сиживала она по вечерам в этой самой комнате, одна-одинехонька с своею собачкою, до поздней ночи, без свечек... и словно с кем разговаривает. Здоровье ее стало на закате, час от часу плоше: похудела, хоть насквозь гляди... И вот на ущербе месяца ей стало очень трудно, а все еще на ногах бродила. В четвертую пятницу она опять пришла сюда сидеть у этого окошка и глядеть на поле, покрытое снегом. Било уж одиннадцать ночи... Вдруг все ее ближние послышали: кто-то всходит тяжелой стопой на лестницу. Что за диво! Наружные двери я сам запер крепко-накрепко. Слушаем: чудится, будто графиня с кем-то разговаривает... Тише, тише, тише, все утихло. Со страхом вбежали в комнату ее панны, глядь — графиня лежит на софе в обмороке... Назавтра поутру приехал грабе из Вильны, и в следующую ночь, — когда блеснул ноготок молодого месяца, — она скончалась. Радость, которую наш пан не хотел и скрывать, мучительная кончина графини так скоро после его приезда и синие пятна, проступившие на лице покойницы, — все это, панове, свело на него подозренье, будто графиня умерла от яду. И то сказать: кого не любят за дело, на того сплетают и небылицы... Бог судья, правда ли это; осудитель бог, если это правда! Только граф, едва переждавши три месяца после похорон, женился на прежней своей любовнице. Сказывали, что на кладбище у кляштора, где положена графиня Фелиция, три раза после того являлся черный всадник неведомо откуда, скрывался неведомо куда. Так прошло два года. Грабе наш, схоронив с первой женой совесть последнюю, разорил крестьян, измучил всех нас и, наконец, отослал в землю и вторую жену. После этого, слава папу богу, он уехал служить во Францию, и с тех пор мы не видали его до вчерашнего дня; он воротился беглецом из Москвы, как раз возмутил всю околицу, скликал шляхту, вооружил неволею слуг и хлопов своих, чтобы драться против русских, до смерти: ему, вестимо, не жить в родине — именья и доброго имени не выкупить из черного долга. Вы видели, что он рубился напропалую. Однако ж у него в саду заготовлена была лошадь для побегу, и наши сказывали, что пан ускакал, когда увидел беду неминучую. Дай пан бог, чтобы он никогда к нам не ворочался!

Старик кончил. Я успокоил и выслал его.

Аудитор спал в углу, сидя, мертвым сном; поручик сидел в глубокой думе перед камином. Простой рассказ дворецкого нас тронул обоих.

— Как несправедливо жалуются писатели, будто мы живем не в романическом веке! — сказал я. — Пусть заглянут в деревни, в маленькие городки, где еще не истерлась характерность и особенность с лиц, и они найдут неисчерпаемый источник, ключ прямо русский, самородный, без примеси. Притом, покуда существуют страсти и слабости, развиваемые обстоятельствами или связанные узами приличия, человек всегда будет любопытен, занимателен для человека; каждый век только обновляет новыми образами сердце. Я уверен, что, перебравши тайные предания каждого семейства, в каждом можно найти множество разнообразных происшествий и случаев необыкновенных. Сколько ужасов схоронено в архивной пыли судебных летописей! Но во сто раз более таится их в самом блестящем обществе! Я знал многих, которые подписывали чуть не смертные приговоры с гордым лицом, на котором бы должно лежать заслуженное клеймо отвержения; я знал людей, которые громко вопияли против порока и не заглушили тем голоса сознания в собственных злодеяниях!! Но, оставя умышленное, сколько еще остается случаев от неведения, от неопытности, от заблуждения!

Зарницкий молчал.

Он был из числа тех людей, которых мы привыкли называть мечтателями: от самой шумной веселости, от самого насмешливого разговора отпадал он вдруг в глубокую думу, в грусть неразвлекаемую, и тогда вы бы сказали, глядя на его неподвижные очи, что пред вами один труп его, а душа улетела. В другое время, напротив, вы бы могли видеть на лице его всю игру мыслей, как работу пчел в стеклянном улье. В этот раз он будто пробегал даль: то словно сам чего-то бежал с робостию, то улыбался младенчески.

— Друг! — сказал я, тихонько ударив его по плечу, — верно, душа твоя была теперь в домовом отпуску?

— Правда, — отвечал он, очнувшись, — тишина и сумерки стелют моему воображению мост на родину. Рассказ этого старика освежил во мне многие картины из моего младенчества, из моей юности. Но всего более эта унылая песня сырых дров, это завыванье трубы, словно призыв какого-то великанского рога, напомнили мне старину, когда, лежа в постели, я любил слушать ветер, стонущий сквозь трубу печки. Чугунная вьюшка звучала, как далекий погребальный колокол, и зимняя вьюга, сыпля иглами инея в стекла, рассыпалась едва слышною гармоникою. Какой-то новый мир, вовсе незнакомый, ощутительный, но безвидный, обнимал меня; какие-то чудные существа теснились к душе... Мне казалось, я слышу лепет их крыльев, шум стоп, жар дыхания, невнятный их говор. Еще более... порою предо мной вились, сверкали, огнились символические их письмена, которые вместе были и буквами и живыми образами; самые звуки принимали на себя какую-то неопределенную форму. Не умею выразить, что бывало со мной в этой дремоте: я трепетал, как струна, издающая божественный голос; томный и вместе сладостный ужас пробегал по моим жилам; я хотел постичь его и болезненно сознавался, что природа не дала самой душе органов для вкушения этого безыменного чувства; на меня находила тогда тоска; я походил на человека, который страстно любит музыку и страждет случайною глухотою. Бывало, завернувшись в одеяло с головою, из подобного состояния я переливался в чуткий сон; и в нем еще явственнее, еще живее мои видения кружились около; по тогда я уже сам становился действующим лицом: говорил, как Демосфен, читал неведомые, прелестнейшие поэмы, но от них при пробуждении оставались во мне только ощущение восторга, только слеза умиления. То ли еще: я летал птицею в безднах, я плавал как рыба, я как воздух проницал в глубь земли. Мне виделось, что я мог глядеться в душу свою, и чужие речи и мои мысли вставали, проходили передо мной, воочию совершались, как говорят русские сказки. Особые места действия, особый круг знакомства, особенное родство имел я в сонном мире своем; но каков был он, но кто эти знакомцы и родные, память моя не могла схватить, пробудившись совершенно. Зато всякий раз, склоняя голову на подушку, я обнимал ее, как друга-чародея, который унесет меня к милым.

Отрадно плыть во сне туманной Летой,
Забыв часов бряцающую медь,
В видениях пожить вне жизни этой
И без кончины умереть!!

Моралисты сулят покой несчастным за дверью гроба; зачем ходить так далеко? Сон есть лучший уравнитель в жизни. Когда вздумаешь, что царь и последний поденщик, богач и бедняк, одинаково проводят треть суток, первые не пользуясь своими преимуществами, последние забывая свое горе, — то какое-то утешительное чувство проникает в душу. Я еще допустил, что счастливец и несчастный проводят одинаково пору сна, — но обоим ли им стелет постель усталость и чистая совесть? Не сидит ли часто раскаяние у золотошвейного изголовья, не дарит ли воображение царскими снами бедняка?

Ты спросишь, откуда пробился ключ этих наслаждений моих, это перемещение сонных призраков в явную жизнь и действительных вещей в сонные мечтания? Мне кажется, этому виною было раннее верование в привидения, в духов, в домовых, во всех граждан могильной республики, во всех снежных сынков воображения мамушек, нянюшек, охотников-суеверов, столько же и раннее сомнение во всем этом. Нянька рассказывала мне страхи с таким простосердечием, с таким внутренним убеждением, родители и учители, в свою очередь, говорили про них с таким презрением и самоуверенностию, что я беспрестанно волновался между рассудком и предрассудком, между заманчивою прелестью чудесного и строгими доказательствами истины. Куда был перевес: на сторону ли впечатления или на сторону убеждения — угадать нетрудно. Правду сказать, человек всегда предпочитает то, чего он не может постичь, тому, чего постичь нет ему охоты. Эта борьба, однако же, не истребив совершенно моей наклонности к чудесному, отняла у него нелепую одежду, в которую облекло его народное суеверие. Разумеется, чем более мужал мой рассудок, тем приметнее влияние чудесного на меня уменьшалось: образы его бледнели, блекли, исчезали, сливались с пространством, как утренние туманы. Но веришь ли? — до сих пор бывают минуты, в которые готов я почти увлечься поверьями моего детства. И как я люблю переживать вновь годы этого детства! Весна моя расцветает в памяти чудными цветами, причудливыми цветами — со всем их благовонием, со всею свежестию красок; я наслаждаюсь тогда даже минувшими ужасами, и замечу странность: это осуществление минувшего случается со мной наиболее после сильных движений души или тела, после сильных потрясений. Кажется, что ослабнувшие струны организма способнее принимать лад нежных лет наших и от малейшего повева поминки звучат знакомую, любимую песню.

Однако ж рассказ старика дворецкого разбудил в душе моей не одни полуясные, неопределенные воспоминания. Нет! он оживил происшествие, очень подобное им рассказанному, происшествие, близкое моему сердцу. Не сказка и не выдумка, слепленная на потеху приятелей, будет повесть моя, в ней от слова до слова — все истина.

Дед мой с матерней стороны был князь X-ий; я будто впросонках вижу его темную, суровую физиогномию, его высокий рост... его жесткий голос. Не знаю, отчего, только я боялся его ребенком как нельзя более. Как ты хочешь, а мне кажется, природа одарила всех тех инстинктом, в которых не развила разума, и дитя, находясь в этой категории, почти всегда безошибочно угадывает в каждом встречном друга или недоброхота. Князь был, можно сказать, неистового нрава — горд своим родом и богатством в обществе, невобразимый деспот в семействе. Как наибольшая часть воспитанников старого века, он людей считал средствами для своих выгод, детей — куклами для забавы; сохрани бог, чтоб они осмелились думать, не только поступать, иначе, как по его воле, то есть по его прихоти. У него были два сына и дочь. Он успел подавить в первых всякое благородное чувство, всякую вспышку разума, и они зачерствели в своем невольном ничтожестве, в своем вечном ребячестве. Их отправил он на службу в столицу. Совсем другое сталось с дочерью. Угнетение, уничижение, под которыми держали ее, пробудили в ней гордую душу, которая без того никогда бы, может быть, не проснулась. Она почувствовала и уверилась, что правда и добро могли существовать и вне речей, вне поступков отца ее. Случай способствовал этому развитию.

Лиза потеряла мать еще в ту пору, когда не могла вполне оценить этой потери, именно по тому самому великой. Отец не удостоивал заниматься ее воспитанием. Он думал, что совершил великое благодеяние, платя мадамам и навербовавши к ней кучу учителей — без выбору и без призору. Нежность его ограничивалась тем, что он утром и вечером допускал дочь к ручке своей да всякий месяц дарил ей на булавки.

В числе учителей Лизы приехал из Москвы недавно выпущенный из университета адъюнкт Баянов. Он был очень статный, умный, добрый юноша; дворянин пебога-тый, но стоящий богатства. Лизе было тогда пятнадцать лет, и он с жаром принялся за ее образование; уроки были наслаждением для обоих. Она радовалась познаниям, он — успехам своей ученицы. Ничего нет чище, возвышеннее, святее удовольствия, какое чувствуем мы, передавая, вверяя благородные чувства и светлые мысли другим. Тогда мы прилепляемся к ним любовью отеческою; и в самом деле: вложить в человека душу разумную, доблесть живую — не значит ли создать, родить его для добродетели, и не ценнее ли это родство родства телесного, не священнее ли самых уз крови?..

Однако ж скоро, хоть незаметно для неопытных, вмешалась в их дружество душевное любовь более нежная, более страстная, любовь сердца. Минуло четыре года... учение кончилось... и любовники тогда лишь узнали, что взаимность для них не только счастие жизни, но самая жизнь... когда судьба погрозилась разлучить их. В одну и ту же минуту они испытали весть разлуки и признание в любви, первый поцелуй восторга и первые горькие слезы печали. Они поклялись быть верными до гроба, это уж так водится искони: для молодых людей все кажется легко, для любовников — все возможно.

Они не знали, с кем имели дело.

Старику Х-му наскучило нянчиться с дочерью. Она была невеста, и, что всего важней, невеста богатая: мать отказала ей одной все свое приданое, все движимое и недвижимое. Однако, желая сбыть с рук дочь, ему не хотелось расстаться с ее имением, и вот для чего удалял он от Лизы женихов, которые по уму или по связям своим могли бы потребовать у него и наличного и отчета за прежнее управление.

Сгадал, решил и выбрал в зятья какого-то князька — сидня, весьма ограниченного умом, ничтожного роднёю. Он дал слово, не спросись, даже не предуведомив дочери. Через три дня надо было играть сговор, а она не знала о своей участи ни сном, ни духом. Наконец он объявил ей повеление выйти замуж и готовиться к свадьбе самым беспрекословным образом. Он споткнулся на этом вовсе неожиданно: характер дочери открылся вдруг в полной силе! Подкрепленная взаимною любовью, она дерзнула почтительно, но твердо сказать отцу, что считает союз супружеский святынею, которая требует любви сердечной к мужу... а потому она не иначе отдаст руку свою, как вместе с сердцем; сердце же ее отдано Баянову, ее воспитателю; она прибавила, что никакие убеждения не принудят ее переменить данного обета — быть его женою или вечно остаться его невестою. "Вы дали мне жизнь, батюшка, — сказала она, — но бог дал мне душу; располагайте первою, но позвольте мне сохранить для себя вторую; и кому лучше могу я посвятить ее, как не человеку, посвятившему лучшие годы своей жизни на мое образование с таким усердием, с таким горячим самоотвержением?"

Говорят, князь после этого объяснения несколько минут стоял неподвижен и безмолвен от изумления... гнев задушил в нем голос. Можно представить себе, что почувствовал человек, привычный к безусловному повиновению от всех, к нему близких, который сроду не слыхал слова нет и вдруг поражен был им так внезапно, так больно! Вся его гордость, все его выгоды и понятия, все замыслы его оборочены были вверх дном, — и кем же? Девочкою, дочерью!

Взрыв был ужасен, угрозы и брань полились на несчастную: как смела она иметь свой ум, взять свою волю! Суд короток — он запер ее в темную комнату на хлеб и на воду.

Учителя Баянова велел он выбросить из замка вместе с его вещами, не позволив показаться на глаза. Бешенство его выместилось на всех домашних; и без того все трепетали его голоса, его взгляда, и после этого случая Головина слуг разбежалась от его жестокости, не знающей границ, незнакомой с пощадою. Он свирепствовал как зверь.

Время шло; но оно не переменило ни упорства отца, пи постоянства дочери. С своей стороны, влюбленный Баянов, несмотря ни на какие угрозы, презирая опасности, обманывая надзор, старался проникнуть до темницы своей любезной — и долго, долго напрасно. Мало-помалу, однако ж, ему удалось деньгами склонить на свою сторону одного из тюремщиков. Золотой дождь по капле пробивает даже камень. Ему доставили случай видеться с Лизой, и минуты, которые провели они вместе после долгой разлуки, несмотря на меч, висящий над головою, были самыми счастливыми в их жизни, потому что верность в такую мучительную годину испытания получает высшую цену, и каждый миг, вырванный из львиных челюстей опасности, тем сладостнее, чем короче, тем ближе к восторгу, чем ближе к гибели. Скоро почувствовала заключенница, что существо ее удвоилось. Какое святое чувство вложила в нас природа к обновлению! Какое сердце не трепетало радостью при мысли: "и я стану матерью!", при вести: "ты отец!" В такие минуты забыты все страхи, все расчеты!!

Наши любовники были счастливы назло судьбе, и это самое придало им смелости, самой надежды. Тут уже дело шло не о них самих, но об имени, о счастии третьего, драгоценного для них залога. Они приготовились к побегу. Они согласились исполнить свое намерение, когда отец уедет на три дня в отъезжее поле.

Он уехал.

Переодетый в кучерское платье, проник Баянов в тюрьму Лизы ночью. Дневальный тюремщик был подговорен бежать вместе; лихая тройка ждала их за частоколом сада; оставалось только удачно выбраться из дому. Баянов застал свою невесту на коленях перед образом. Кончив молитву, она кинулась в объятия к милому, но долго не могла промолвить слова, заливаясь слезами. Я знаю это от старика, бывшего свидетелем. Он рассказывал, что смелость ее покинула, когда надобно было ступить за порог; что она умоляла Христом-богом отложить все до завтра; говорила, сердце у нее будто стиснуто железною рукою, что она предчувствует верную, неминучую гибель. Баянов, разумеется, утешал, ободрял, уговаривал ее; доказывал, что предчувствия не что иное, как робость, что, откладывая удобный побег, они накличут себе не только в каждом человеке, да в каждом часу неприятеля, а что всего важнее — священник ждет их в церкви.

Она уступила.

Через сад в повозки, и ударили по всем по трем.

Дело было в начале ноября. Рыхлая пороша чуть подернула павший лист дубравы. Я и забыл тебе сказать, что все это происходило в К... губернии, в усадьбе князя, называемой Шуран; лежит она над Камою, при большой дороге в Оренбург; место преживописное; барский дом на холме; дедовский темный сад шумит угрюмо на берегу; вправо... да не о том дело. Глухая ночь лежала над Шураном, когда наши беглецы оставили его. Проселочная дорога к далекой, уединенной церкви пролегала дремучим лесом и местами совсем склонялась на крутой берег Камы. По Каме шел тогда лед и с печальным звуком ломался друг о друга. Две тройки мчались быстро, но едва слышно: колеса нарочно были обвиты кушаками. Припав к груди Баянова, для которого пожертвовала всем на свете, Лиза едва дышала, едва думала. Час этот был для нее как час перед казнью преступника — он еще не мертвый, но уж и не живой; может ли он наслаждаться жизнию, когда смерть впустила в него когти свои? Такая отсрочка хуже пытки, такая бесчеловечная милость жесточе казни самой. Но едва ль не еще несноснее, когда неожиданное счастие разманит нас — и вдруг готово исчезнуть! Пусть непредвиденная беда поражает как пуля, беда, перед которою идет предчувствие, терзает, как яд жестокий. В таком точно положении были оба наши любовники. Они молчали, потому что ни один не мог найти слова утешительного; земля звучала под колесами, будто свод могильный; ветки сыпали на лицо иней, и корни заплетали им дорогу.

Все кругом было в смертной тишине; только порой спугнутый филин страшно гукал в чаще, хлопая тяжелыми крыльями, или трещал изломанный сук. Они благополучно добрались до деревенской церкви, верст за пятнадцать от Шурана. В ней приветно теплился огонек... Дверь растворилась, и женихи вошли в тусклую трапезу. Иконостас подымался до самого потолка, подпертый витыми столбиками, когда-то позолоченными; старинные лики святых, едва озаренные лампадою перед царскими дверьми, казалось, хмурились, помавали головами; хоругви колебались от сквозного ветра, который, дуя в рамы, возникал и стихал печальною песнию. Почтенный старичок священник встретил жениха и невесту у дверей благословением, и дьячок, засветя еще несколько свеч в высоких подсвечниках на деревянной ножке, запел хриплым голосом. Началась служба. Прелестна, однако ж бледна как снег намогильный, стояла перед налоем невеста... Венчальная свеча дрожала в руке ее, и когда Баянов ободрял ее нежным взглядом, она отвечала: "Это от холода"; этот холод был у ней в сердце... Она робко озиралась кругом и сторонилась теней, перебегающих по церкви от зыбкого пламени свеч, как будто они хватали ее. Вопреки всех страхов, обряд кончился счастливо. Кольца скрепили священною цепью сердца, давно уже сплавленные любовью, и поцелуй запечатлел союз их. Когда перед алтарем бога милосердия и правды супруги с радостными слезами на глазах заключили друг друга в объятия, они забыли настоящее и будущее, — никакое горестное чувство не развлекало этого восторженного мгновения.

Оно было последним в их счастии.

Конский топот и грозные клики налетали со всех сторон; священник с коленопреклонением молился о спасении, Баянов готовился к защите — все было напрасно: выбитые двери церкви упали, и толпа охотников княжих вслед за разъяренным своим господином ворвалась в средину. На беду, он охотился невдалеке и, получив известие о побеге дочери, стремглав ударился в погоню. Что медлить правдою? Супругов силою разлучили, связали, кинули в телеги порознь и понеслись назад в роковой Шуран.

С этой поры туча злодейства одела этот дом тайною. Никто не знал, что делается с молодыми. Никто не мог догадаться, куда девались они. Двое псарей, которые везли Баянова, уверяли, что он вырвался на полдороге и ушел в лес, за это они жестоко были наказаны. Священника угрозами и лестью заставили молчать о браке; притом же он совершен был не по всем правилам — недоставало свидетелей, и священник притаился, чтобы не быть в ответе; общая молва была распущена между дворнею, что отец захватил венчанье в самом начале. Как бы то ни было, ни один человек не осмеливался спросить об этом обстоятельстве угрюмого князя. И Лиза и Баянов канули как в воду... Соседи шептались между собою, как раки под крапивою, и, как раки, пятились перед страшным соседом. Его ядовитый взгляд убивал любопытство и участие.

С большим удивлением увидела дворня ровно через год, что к ним на двор катит весь уголовный суд из Казани. Все слуги дрожали осиновым листом, чтоб не попасться в свидетели по проказам барина: затаскают, заморят по тюрьмам, ни дай, ни вынеси. В один миг слух о доносе разбежался по всему селению. Члены суда немедленно потребовали видеть дочь княжую, про которую отец отвечал, что держит ее взаперти по сумасшествию. Он повел их в тюрьму Лизы. Дверь замкнулась, и мертвая тишина воцарилась в целом доме... Все, не переводя дыхания и навострив уши, ждали, чем это кончится. Иные шепотом уверяли, что князя возьмут под стражу и что для этого приехала крытая повозка. Желание избавиться от злого барина и страх у него остаться волновали всех. Наконец двери распахнулись настежь, и тогда некоторые из слуг, заглянув украдкою в тюрьму барышни, увидали ее брошенную на соломе: в рубище; на ней не было вида человеческого — так она похудела и почернела. Глаза впали, волосы были всклочены, она лежала, разметав руки, в обмороке.

"Теперь мы удостоверены, что она бешеного сумасшествия", — сказал председатель палаты.

"Никакого нет сомнения, — преважно прибавил городской лекарь, — она безумна — неизлечимо".

"Держите ее крепче, — подхватил весь суд хором, — вы ей природный опекун; на днях пришлем формальную бумагу на ввод во владение!"

Роскошный завтрак скрепил определение этих неумытных судей, и юстиция отправилась в город навеселе. Вся дворня с ужасом услышала приказ. Так вот зачем приезжал суд, так вот чем кончилась эта уговорная гроза!! Когда за судьями тронулся обоз с подарками, слуги, пожимая плечами, тихонько говорили: "Скоро по этой дороге повезут на погост и добрую княжну нашу!"

Предсказание сбылось скоро — через полгода Лиза скончалась.

Люди пожимали плечами, окружные дворяне много толковали об этом случае. Все соглашались, что князь нарочно ославил дочь свою безумною, чтоб завладеть ее имением, что бесчеловечным обхождением с нею он в самом деле довел ее до исступления и, наконец, безвременно свел в могилу. Судьба Баянова не ускользнула от проницательных взоров. Ходили слухи, что он был привезен в Шуран и брошен в один из подвалов, где и был уморен с голоду мстительным князем. Приводили в доказательство рассказы некоторых слуг... Они клялись, что слышали стоны в подполье и узнавали в них голос учителя, что потом он начал стихать, стихать и, наконец, замер в таком страшном вопле, что от одного рассказа вставали дыбом волосы. Говорили еще, будто видели в следующую ночь, что мелькал огонь в отдушине подвала, где сидел Баянов, слышали, как там брякали лопатки, как что-то закапывали, закладывали камнем. Со всем тем ужас, наведенный князем на соседей, был так глубоко укоренен, сила его в суде и связи в столице так обширны, что ни один человек не посмел пикнуть в обвинение.

Дело запало само собою.

Вскоре после смерти дочери в князе заметили чудесную перемену. Его злое, дерзкое лицо покрылось бледностью; походка стала робка и нерешительна, глаза подернулись дымною оболочкою. Иногда, среди белого дня, он останавливался на быстром ходу и, весь трепеща, отступал; иногда вскакивал с кресел, произнося невнятные слова. Этого мало: по сказкам всей дворни, стали твориться чудеса в доме. Что ни полночь, двери из бывшей тюрьмы княжны распахивались с визгом сами, и оттуда явственно раздавались мерные шаги, только никого видно не было. В ту же минуту подымался тяжелый стон из подвала так протяжно, так страшно и пронзительно, что он слышался во всех углах замка. Напрасно зарывали все головы в подушки и завертывались в одеяла: он все слышался в ушах и звучал, как в пустом склепе могильном. В спальне у князя каждую ночь слышали чью-то походку, адский смех и потом скрежет зубов, проклятия и будто хрипение смерти. Никто не смел, однако ж, и намекнуть о том, не только спросить князя, — он хранил мертвое молчание. И вдруг в одну ночь он с воплем выбежал из спальни своей, бледный, испуганный; в одной сорочке, он сам походил тогда на мертвеца.

— Запрягайте коней! Подавайте возок! — кричал он. —

Чтобы сейчас, сей же миг стар и мал бежал из этого проклятого дома, вон отсюда и навсегда... Слышите ли, говорю я вам, выбирайтесь вон мигом!

Как ни удивлены были слуги и все домашние таким нежданным приказом, только шутить с князем было плохое дело: через час не осталось в целом доме ни человека, ни кошки. Все это кинулось, потащилось и поползло в зимнюю ночь, кто на чем попало, в другую усадьбу верст за тридцать. С тех пор дом этот стоит заколочен. Суеверие сторожит его лучше всяких караульных и собак. На закате солнца, не то чтобы в глухую ночь, ни один крестьянин не смеет мимо его вблизи проехать. Через полтора года князя нашли мертвым в постеле. Простолюдины толковали, что его заели нечистые, которым продал он душу, уверяли, что видели на шее следы зубов. Люди умные говорили, что правосудие божие кликнуло его на расправу. Его похороны были праздником не для одних плакальщиц.

Усадьба Шуран, вместе с деревнею, досталась на долю моей матери. Несмотря на все выгоды и устройство хозяйственное, она не хотела туда переселиться. Только раза два в лето приезжала она с нами к управителю, жившему в одном из отдаленных флигелей, для надзора и поверки счетов на месте. Само собою разумеется, что дворня наша, и мамки, и нянюшки мои не упустили случая насказать мне с три короба страхов и преданий об этом таинственном доме. С каким, бывало, трепетом, с каким удовольствием осмеливались мы с братом приближаться по заросшему крапивою двору вечерком к заколдованным палатам! Главные двери были забиты досками; окна зацвели мертвою синевою; в разбитые стекла порхали птицы, и кровля во многих местах упала собственною тяжестью. Осторожно переступая, будто боясь попасть в силок или в очарованный круг, подходили мы к крыльцу; на нем, по спаям камней, росла уже трава. Брат мой был и постарее и посмелее меня и порой достигал до самой двери; но когда обращался назад, то кидался вниз по ступеням опрометью. Он признавался, что замок страшно глядел на него одним глазом своим, что в дверную скважину кто-то дышал на него морозом и петли скрежетали, как зубы. Издали бросали мы иногда камень на кровлю и с биением сердца слушали, как он, стуча и прыгая, катился по ней книзу, и когда, упав на землю, скакал еще далее, мы бросались от него, воображая, что он за нами гонится. И в самом деле, эта могильная тишь на дворе, опустелый дом, опальные ряды служб, обрушенные заборы — все внушало грусть даже детскому сердцу, и ветер, стонущий в разбитых окнах, шумящий между репейником, слышался нам говором духов, вестью с того света, он будто наносил на нас сырость и прохладу гробов.

Как-то однажды мы были смелее обыкновенного и, разбив камнем стекло в окне нижнего этажа, решились посмотреть внутрь комнат. Брат поднял меня на плечи, чтобы я мог достать до рамы. Не без ужаса просунул я свою голову в разбитое стекло; я боялся бы не более положить ее в пасть медведя. Опершись о пыльный косяк, взглянул я внутрь, и сначала все мне показалось темно, как ночью. Через несколько времени я пригляделся... а между тем брат ежеминутно расспрашивал меня, что я вижу. То была обеденная зала. Длинные столы стояли по стенам с полуоборванными полами; многие стулья лежали на полу, словно опрокинувшись от страха; другие, будто от слабости, стояли, прислонясь к стене. На полу лежали обломки посуды, видно разбитой впопыхах перевоза. Полинявшие, пыльные обои, в иных местах уже опавшие, колебались от ветра; из-под них выглядывала дождевою плесенью покрытая стена; инде штукатурка обвалилась и сквозили лучинные решетки, — вы бы сказали: это тлеющий труп богача, с которого падает одежда и кожа, и местами уже обнажаются ребра, на которых паутина висела как волокна и жилы. Карнизы улеплены были гнездами ласточек; летучие мыши цеплялись по углам; живопись потолка сплылась в какие-то чудовищные арабески. Трудно себе вообразить, какое странное впечатление произвел на меня вид этой опальной комнаты; я будто сейчас гляжу на нее! Все, все в ней казалось мне чудным, сверхъестественным, страшным. Этот мрак, в ней царствующий, эта полурастворенная в коридор дверь, за которою так таинственно сгущались тени, даже обшитая сукном веревка, на которой когда-то висела люстра, с огромным крючком своим казались мне орудием пытки. Мне казалось, на сером свете сумерек, сквозь мутные стекла, что все звери и птицы обоев шевелятся, трепещутся, что белая изразцовая печка притаилась в углу, как мертвец в саване, и вдруг в самом деле что-то живое, с блестящими глазами, с грохотом прокатилось по зале и прямо кинулось на меня, — я заревел, опрокинул брата, смял его, покатился с ним вместе через голову, и потом вскочили мы оба, и оба, крича изо всей мочи, ударились бежать врознь, забыв оборонительный и наступательный союз: не выдавать друг друга ни в каком случае. Чудовище, испугавшее нас, была кошка. Мы, однако ж, народ храбрый и, уверясь в том, не смели подойти к ней: кошка искони слывет сосудом оборотней, ведьм и тому подобной адской челяди второго разряда.

Улетели годы.

Давно уж покинул я родину. Учился в Москве, вступил в службу. Радостно спешил я домой показать матушке свои патенты, свои эполеты, при первом отпуске. Весь мой младенческий и отроческий быт ожил в душе, когда я увидел поприще, на котором он двигался. Правда, кукольный мир этот, не только просторный, но и огромный для ребенка, для меня, юноши, казался уж тесен, мал непонятно. Но он был моим, был связан не скажу с прекрасным, но с беззаботным возрастом, когда мы чувствуем, не ощущая сердца, думаем, не утомляя души, — с этим единственным возрастом настоящего без сожаления о вчера, без ожидания завтра, без воспоминаний, едва ли не всегда разведенных желчью раскаяния, без надежд, отравляемых ядом страха. Я сказал тебе о моей наклонности к чудесному. Признаюсь, что возраст не уничтожил ее; он только высучил ее в утонченную нить, а романы раскрасили ее своими цветами. Переменился вид, существо осталось то же. Вот почему таинственный Шуран манил меня к себе своими чудными преданиями, манил неодолимо. На третий же день я велел оседлать коня и поскакал туда. Это было в октябре месяце. Когда я приехал в Шуран, ночь, как прелестная арабка, в звездном покрывале гляделась уже в померкшем зеркале Камы. Я слез у крыльца уединенного домика, в котором жил управитель, только не нашел его у себя: он уехал в дальнюю деревню. Мне вовсе не весело было коротать вечер с старухою, его женою, и, поужинав налегке, я велел подать себе топор, зажег три восковые свечи вместо факела и, не сказав никому ни слова, отправился прямо к покинутому дому. Репейник заплетал мне дорогу; испуганные лягушки, которые уже столько лет невозбранно владели мокрым двором, квакая, прыгали из-под ног моих. Я подошел к обрушенному крыльцу, которого ступени были термометром детского нашего честолюбия, я увидел окно, в которое глядел, когда был испуган кошкою, — и все фантастические существа замахали около меня знакомыми крыльями, и прежнее чувство сладкого страха втеснилось в грудь, я опять стоял школьником перед старинным замком. Это было на минуту. Я оторвал топором доски дверей и вошел в обширную переднюю. Отворенные кругом стен ящики для сиденья слуг и опрокинутые вешалки доказывали еще торопливость, с которою выбирались жильцы из дома. Паук развесил свои победные знамена по стенам, медные задвижки дверей зацвели зеленью, сами двери едва держались на перержавленных петлях, и когда я тронул одни, они упали с треском на пол. Гул пошел по пустым комнатам, густое облако пыли взвилось, и я сквозь него вступил в залу. Летучие мыши, эти бабочки развалин, треща перепончатыми крыльями, слетелись на огонь и кругами реяли мимо глаз. Разрушение много выиграло с тех пор, как я в первый раз видел эту залу. Карнизы обвалились, и часть их лежала на столах, словно объедки от пиршества зубастого времени. Обои висели длинными лоскутьями. Занавесы окон под густым слоем пыли источены были молью. Дождевые потоки навели еще мрачнейшую краску на стены, и на них несколько портретов проглядывали сквозь копоть, будто сквозь туман забвения. Полон воспоминаний младенчества, полон думою о несчастной судьбе моей родственницы, которая жила, любила, умерла здесь, пробегал я ряд комнат, покинутых людьми, которые одни могут бороться со временем и оставили ему победу без боя. В каждом трепетании обоев мне слышался стон умирающей жертвы, одинокой посреди холодных стен и еще холоднейших стражей, в разлуке с милым супругом. И ни одно дружеское приветствие, никакое родственное утешение не радовали последней тоски ее!! Напротив, она видела подле себя Коршуновы очи, которые с жадною радостию ждали ее кончины, она знала, что мучения ее останутся никому не известны; что, испытав по сю сторону гроба злость, по ту сторону предана будет клевете; что она, измученная, очерненная, погребенная заживо, сойдет в землю не оплакана, не оправдана никем и ни перед кем, — ужасно! "Лиза! — вскричал я, — несчастная Лиза! Я защитник твоей чести!" Мой голос пробудил эхо пустых комнат, и стекла, дребезжа, дали унылый аккорд! В это время послышалось мне, будто кто-то ходит в соседней комнате... Шаги эти были тихи, легки, можно сказать воздушны; меня облило холодом, волосы стали дыбом... Прислушиваюсь — ни звука. Мало-помалу я ободрился и поднял вверх светоч свой, чтобы осмотреться, — я стоял в длинном коридоре, в конце которого виделась белая резная дверь, убитая, как видно после, железными полосами. Сверху привинчены были тяжелые задвижки, но они не были задвинуты. Мне вспало на ум: не здесь ли вытерпела дочь строптивого князя ужасную пытку? Любопытство разгорелось. Я приблизился к этим дверям, тихо взялся за скобу и дернул ее к себе... Дверь растворилась.

Друг мой! ты знаешь, робок ли я под свистом картечей, ты знаешь, бледнел ли я перед пикой, устремленной мне в сердце, по ты не знаешь, как упало это сердце, когда взглянул я в тюрьму Лизы... Казалось, ледяная гора задавила меня, казалось, сам я в одно мгновение превращен был в кусок льда... Нет, это был не сон, не мечта, не обман очей, не игра приготовленного воображения, — я тысячу раз видел портрет Лизы, висевший в спальне у моей матери, он был врезан в моей памяти, — и вдруг наяву, без всяких сомнений наяву; передо мною!..

Я слушал Зарницкого с большим вниманием; когда он был разгорячен или одушевлен, то рассказывал увлекательно. Не слова, не речи, а голос этих речей, а чувство, волнующее этот голос, переливали участие в грудь каждого. В ту минуту, когда он произнес: "передо мною"... послышались тяжелые шаги по лестнице. Мы оба так настроены были к чему-то сверхъестественному, что вскочили невольно и обратили глаза на дверь с каким-то робким ожиданием. Когда глаза наши встретились, мы оба усмехнулись, будто признаваясь: какие мы дети! Та улыбка, однако ж, была мгновенная. Мочная рука, которая не удостоивала, казалось, отвернуть ручку дверную, сорвала весь замок, и к нам вошел высокого роста латник, завернутый в широкую, теплую шинель. Палаш его, волочась, бренчал, каска была изрублена, и часть гребня висела над глазами. Он не поклонился нам, не молвил слова и прямо сел к огню — мы узнали в нем кирасирского майора, которому одолжены были победою. По закону военной учтивости и долгу службы, я, как старшему, отрапортовал ему о состоянии отряда и, наконец, от чистого сердца протянул ему руку с дружеским благодарением, с солдатским приветствием, говоря, что нам лестно будет иметь товарищем человека, которому обязаны блистательным успехом. Но латник встал, и приложил руку к козырьку машинально, и снова сел, будто ничего не видя и не слыша. Бледно было его лицо; глаза мутны, неподвижны. По трепетанию черных длинных его усов видно было порой судорожное движение губ... Брови сдвинуты угрюмо.

Пробитая картечью и пулями его шинель залита была кровью, и каждый раз, когда он наклонялся, поправляя огонь, палаш его падал на дол, звуча, и цепки, связывающие кирас, брякали о железный нагрудник. Мы говорили между собой шепотом, изумленные странным появлением и еще больше странным обхождением латника. Кто он? что он? зачем он здесь? Мы напрасно заводили с ним речь, напрасно потчевали чаем: он склонением головы или движением руки прерывал все вопросы и предложения. Мы оставили его самому себе.

Опершись об руку, упертую в колено, он, казалось, глубже и глубже тонул в море минувшего, — он вздыхал тяжко, так тяжко, что у нас вчуже вздувалось сердце. Иногда слезы катились по его лицу. Он с какою-то завистью смотрел на пылкие уголья, которые меркли, угасали, распадались в пепел, будто он в них видел свое подобие. Потом вдруг, сложив руки на стальной груди своей, он опрокидывался назад и шептал невнятные слова... грозно скрежетал зубами, глаза его наливались кровью, ноздри вздувались, как у льва, — он был страшен.

Мы вздремали; казалось, вздремал и он; только по временам вздрагивал и стонал. Вдруг пробуждены мы были стуком его палаша, — он с ужасом смотрел на руку свою: на нее упало несколько капель растаявшей на шинели крови... Глаза его стояли, густые кудри бросали тень на белое как саван лицо, губы были открыты, — весь он был идеал ужасно-прекрасного!

— Зачем ты пробудила меня, кровь злодейская! — роптал он, — неужели мне один сон — могила, неужели ни прежде, ни после мести нет покоя!!

Он вскочил, схватил горящее полено вместо факела и под влиянием сомнамбулизма сделал несколько шагов вкруг комнаты.

— Здесь, так, здесь видел я ее впервые! — произнес он тронутым голосом и с горькою улыбкою, но в этой улыбке отражались все муки души. — Она сидела у этого окна; мрачны стали эти стены; они подернулись как гробовым сукном... а было время, они склонялись надо мной, как брачный полог, как цветная занавеса будущего. Здесь дал я, здесь услышал я первую клятву в верности... Клятву? Они пишутся на воде и утекают с нею!! Но мою клятву я бы готов был запечатать своею кровью, и только кровь могла смыть ее... Она смыта! — прибавил он злобно и потом тихо, озираясь, пошел далее — в другую, в третью комнату. Наконец мы вышли в залу, в которой была самая горячая схватка; стены были исстреляны русскими пулями, окна разломаны, несколько десятков обезображенных трупов валялись друг на друге, по полу, залитому кровью, — картина была отвратительна, не только ужасна. Латник наш, достойный гость между мертвецами, с пылающим деревом в руке, в каске и в латах своих походил на привидение какого-нибудь рыцаря веков минувших, — исполинская тень его мелькала по стенам и кралась следом.

Мы стояли в тени, неподалеку.

Стены были увешаны портретами фамильными, — это общий обычай в Польше. Латник прямо кинулся к одному из них как знакомый и рассматривал его с диким наслаждением. Это было в самом деле прелестное лицо какой-то девушки.

Озаренная неверным светом, она мелькала сквозь мрак, будто неслась ангелом мира.

— И ты, сердце моего сердца! ты, которая одушевляла для меня жизнь и свет, и тебя не стало! — произнес латник, глубоко тронутый. — Земля взяла свое — черви насладились твоими прелестями... Черви? Нет, змея отравила тебя заживо, Фелиция. Свидетель бог, ты одна могла удержать руку, готовую раздавить эту гадину, я отсрочил месть, но отказаться от нее не мог я, как от любви своей, — месть мне осталась единственною любовью после тебя, единственною отрадою; только жажда ее могла приковать меня к колесу пытки!! Не смотри так грозно на меня, Фелиция, — я дал себе страшную клятву уничтожить изверга, а ты ведаешь, изменял ли я клятвам в добром и злом... Она свершилась!! И ты сдержала обет свой, милая тень, ты обещала мне явиться в ночь передсмертную, вестница радости... Ты явилась мне, не убегай, не улетай от меня, скажи мне, буду ли я твоим супругом в царстве смерти? Любят ли там? Я не хочу рая, когда в нем не найду тебя!!

Он кинулся навстречу милому призраку в порыве горячки своей — и запнулся за убитого француза... Внезапный ужас поразил его. Он наклонился, поднес головню к посинелому лицу мертвеца — и черты его вспыхнули гневом...

— Ты и здесь заграждаешь мне дорогу на небо... Прочь, змея! Прочь, говорю я! — вскричал он. — Как ожил ты из-под моих ударов? Зачем пришел ты умереть сюда? Неужели и ад не принимает злодея?.. В этот раз по крайней мере ты не уйдешь от меня... в этот раз ты не избегнешь заслуженного ада, который вызвал на свет!

Пена била у пего клубом, лицо горело кровью, — он выхватил палаш свой, наступил мертвецу на грудь, так, что у него затрещали кости, и, подняв обеими руками клинок, вонзил его в давно оледенелое сердце и дважды поворотил в рапе...

— Он еще живет, еще дышит! — повторял он, прислушиваясь, — еще остальная кровь, как червь, ползет в жилах его!..

Он снова взмахнул палашом, но исступление истощило все его силы — он рухнул на пол бесчувствен, бездыханен.

Кликнув гусаров, мы перенесли его в прежнюю комнату, сняли с него латы и положили на плащах. Приводя его разными средствами в чувство, мы успели возвратить ему дыхание, но не память. Только по временам пробегал по всем членам его трепет, только холодный пот проступал на теле и закрытые веки дрожали судорожно. Он тихо стенал, произнося

60

невнятные слова, — мы оставили его успокоиться. Встреча с латником совершенно отбила у нас сон. Мы потихоньку рассуждали, до какой степени несчастная любовь делает неистовым человека, одаренного, или, лучше сказать, наказанного, пылкими страстями. Очевидно было, что он жених Фелиции и враг грабе Остроленского, что он преследовал и изрубил его.

— Однако ты, брат, не докончил своего рассказа, — напомнил я поручику.

— Он будет краток, — отвечал поручик со вздохом. — Слушай. Мы были прерваны на том месте, когда я отворил двери старинной темницы Лизы. Гляжу

— в комнате этой горит свеча, под окном, забитым решеткою, стол; в углу простая кровать и на ней — вообрази мое удивление! — женщина в белом платье

— и кто же? Лиза! Я говорил тебе, что кровь замерзла в моих жилах, но это не выражает ужаса, который я тогда ощутил. Казалось, тысяча ледяных иголок пронзили меня с головы до ног, холодный пот застыл на сердце, и если я тогда не упал, то обязан этим одному оцепенению... Это был задаток разрушения в час смертный.

Но все, что имеет начало, должно иметь конец. Рассудок проговорил, сердце оттаяло, и я с недоумением и страхом протирал глаза, чтоб увериться, не греза ли это; нет! белое привидение недвижимо лежало передо мной, будто в глубокой тоске, в непробудимой задумчивости. Прелестное, но бледное лицо было полузакрыто светло-русыми локонами. Я долго смотрел на это явление, колеблем между истиной и заблуждением, ступил шаг — незнакомка подняла глаза, и тут уж я убедился, что столько жизни не могло сосредоточиться в мертвеце... Я прервал безмолвие, я сказал ей, кто и почему я здесь... Теперь угадай, кто была она и как туда попала?

— Не могу придумать, — отвечал я.

— И я не вдруг узнал это. Милая девушка умоляла меня никому не открывать о встрече с нею. Напрасная просьба! Я сам бы готов был схоронить от целого света такое сокровище. Нужно ли сказывать, что через полчаса, проведенного с нею, я уж был влюблен по уши? Чудесность, таинственность всего ее быта бросили искру в сердце, а ее невинность, ее светлый ум раздули пожар. Я выпросил у нее позволение увидеть ее еще раз и еще раз, но в замену дал слово делать это с большими предосторожностями. Через три дня я уже опять спрыгнул у крыльца управителя Шурана.

"Дома ли?"

"Дома-с, очень рад".

Управитель встретил меня двусмысленною улыбкою.

"Не прикажете ли подать топор и свеч, Григорий Иванович?" — сказал он мне.

"Зачем это?" — возразил я, смутившись.

"Для ночного путешествия в опальный дом, — отвечал он. — Григорий Иванович, я все знаю. Вас ждут, и ждут с нетерпением; только позвольте, чтоб в этот раз я был проводником вашим".

Он пошел вперед, не ожидая ответа, а я так смущен был нежданным этим приветствием, что шел сзади его, как на своре.

Когда приблизились мы к роковой двери, сердце у меня вспрыгалось, будто заяц под ружьем стрелка... Незнакомка встретила нас еще прелестнее, чем прежде... Я таял, на нее глядя, самолюбие мое лакомилось пылким румянцем красавицы.

"Григорий Иванович! — сказал управитель, — прошу любить и жаловать тетку вашу... Вы видите дочь Елисаветы Андреевны, Елисавету Павловну Баянову!" Я отступил от изумления три шага назад... Мысли и чувства так были превращены этим нежданным, непонятным объяснением, что я стоял долго, растворив рот, как будто бы я глотал чужие слова, вместо того чтоб произносить их самому.

Управитель продолжал: "Брак г-на Баянова с родственницей вашей княжной X-ой совершен был неразрывно. Его утаили, но уничтожить не могли. Девица, которую изволите видеть перед собою, родилась во время заключения Елисаветы Андреевны и названа была ее именем. Покойник князь имел свои причины скрыть новорожденную и поручил мне отдать ее на воспитание в какую-нибудь дальнюю деревню. Мне стало жаль малютки, я свез ее к брату своему, бедному помещику в Вятской губернии: он был бездетен и принял покинутую как небесный гостинец. Выкормил, воспитал ее, как видите. Никто не знал о том ни крошки: все дело шло самым тайным образом. Кого вязали свои дела, кого княжие деньги или угрозы. Умер и князь, да остались его наследники; заводить с ними тяжбу пугало и меня, несмотря на упреки совести: я и сам был в этом деле виноватый, хоть невольно. Месяц перед сим потерял я брата, а Елисавета Павловна — своего воспитателя... Неделю назад приехала она сюда. Я крепко плакал по добром брате своем и не утешился бы, если б не было со мной этого ангела. Между тем (между нами будь сказано) любезная Елисавета Павловна начиталась всякой всячины: то и дело просится посмотреть того места, где жила и скончалась ее матушка. Как отказать!! На беду эта комната ей до того полюбилась, что не вызовешь. Днем ходить сюда — пошли бы разные толки, а нам надо было молчать о ее роде до поры до времени. Вот она и стала плакать здесь по матери ночью. Не осердитесь, любезнейший Григорий Иванович, что, заступаясь за правду и за правую душу, я выхлопотал все законные свидетельства для иска наследства Елисаветы Павловны; может, придет и вам поплатиться, — да ей главное — дорога материнская слава и свое доброе имя, которых иначе нельзя выправить, как перед зерцалом. Что перед вами таиться? Елисавета Павловна нашла себе по сердцу суженого, и это всего больше заставило меня поспешить развязкою. Ваше неожиданное посещение крепко встревожило мою гостью. Я с своей стороны счел за лучшее сказать вам все откровенно. Я знаю вашу благородную душу!"

"И не ошиблись в ней! — вскричал я, обнимая почтенного, простодушного старика. — И не ошиблись!.."

По праву родства я обнял милую свою родственницу, — но чего бы я не дал, чтобы обнять ее, не слышав вестей, что она родня моя, что она невеста другого!!

Мои мечты, мои надежды рассыпались, но любовь осталась в сердце. Я избегал всех случаев видеть ее, но ее образ был всегда перед глазами... Тому уже прошло пять лет, друг мой, но я не могу вспомнить о моей Лизе без вздоха, — она была для меня настоящим призраком счастия!

Я сделал все, что мог, для ее счастия — уговорил матушку уступить ей свою часть имения, от князя Х — го доставшегося, хлопотал по судам, чтобы признали ее истинною дочерью Баянова, и успел в этом. Денежный иск другое дело: он до сих пор тянется с сыновьями, князьями Х — ми. Впрочем, Лиза вышла замуж за того, кого любила, который любил ее, который ее любит... Она пишет, что живет безбедно и счастливо!.. А я?..

Поручик закрыл лицо, но не слезы свои руками... Грудь его стояла надувшись, но он не вздыхал... он не мог вздохнуть!..

Сердце мое сжалось... горячие капли пробились сквозь ресницы. Мы оба молча склонили свои головы в плащи.

Так заснул я.

С вечера я отдал приказ быть готовыми к выступлению к четырем часам утра. Рокот трубы пробудил нас.

Трудно, несмотря ни на какую привычку, спросонков слышать без содрогания звуки трубные: они имеют в себе что-то ужасающее, что-то зловещее, что-то пронзающее сердце. Кажется, призыв их выговаривает слова: на брань, на брань, на суд, на суд! Первым нашим движением было кинуться к больному кирасиру, — он спал еще крепким сном; лицо его было посвежее, хоть все еще бледно. Наконец перекаты трубы проникли и до его души, — он встрепенулся, поднялся на руку и с каким-то недоумением озирался кругом, припоминая, что было, где и как он теперь. Неужто он еще жив? — было первым его вопросом.

— Успокойтесь, майор, — сказал я, — если вы спрашиваете про кого-нибудь из неприятелей, то они все легли на месте.

Он долго смотрел на меня, будто взвешивая слова мои, будто вглядываясь не только в мое лицо, но и в душу.

Наконец он дружески протянул ко мне руку и крепко сжал ее.

— Я помню вас, я знаю вас, — сказал он, — коротко было мое знакомство с вами, дружество будет еще короче; зато одно и другое полно. Теперь я будто сквозь сон вспоминаю, что со мной случилось вчера. Господа! я чувствую, что странность моих поступков должна была изумить вас... Я бы желал, в свою очередь, в извинение себе молвить словцо-другое о том, что привело меня к этому безумию, да боюсь, чтоб не задержать похода.

Я отвечал, что мои разъезды не возвратились еще из окрестностей, и потому с час места будет досугу поговорить и послушать за стаканом чаю.

— Если так, господа, — возразил майор, — я вкоротке расскажу вам свою печальную повесть. Не многие часы даны мне на белом свете, я считаю поэтому долгом открыть добрым товарищам сердце; может быть, вы повстречаете родных моих и передадите им мою последнюю исповедь. Как ни тяжко вызывать мне прошлое из могилы сердца, но я вызову его, как тень Саула, чтобы услышать от ней неизбежное пророчество гибели. Послушайте.

Здесь, в этом самом замке, стоял я с артиллерийскою ротою, которою командовал. Я любил дочь хозяина, я был любим, я был женихом ее. Перед самой свадьбой больная мать моя захотела непременно видеть меня для благословения. Я поскакал и, застав добрую матушку на смертной постеле, не отходил от нее в течение трех недель. На столике, установленном лекарствами, писал я невесте много и часто, лаская ее, обманывая себя надеждою скорого выздоровления любимой, уважаемой матери, скорого свидания с обожаемою, с нею. Бог судил иначе: матушка моя скончалась.

Бессонница, огорчение, тоска сломили меня: я схватил жестокую нервическую горячку. В бреду, в беспамятстве, наконец в летаргическом расслаблении пробыл я почти два месяца. В беспамятстве, сказал я? Нет, то было лишь отсутствие разума, отсутствие внешних чувств; но память о разлуке, о потере свинцовой горой лежала на сердце. Немая, но тяжкая, неопределенная боль тяготела надо мной, подавляла вместе душу и тело, тлела, не вспыхивая и не уменьшаясь. Я не ощущал хода часов, но чувствовал долготу времени; оно тянулось, длилось бесконечно. Нить этого отчаянного положения прервалась вдруг, я очнулся.

Все радостное и все горестное слетелось в душу с первым лучом света, проникшим в нее, — они кинулись на нее будто хищные птицы, давно голодные!! Первым моим желанием было узнать, есть ли письма от Фелиции. Все молчали; то было молчание смерти для всех надежд моих. Новый продолжительный обморок облил меня своим холодом, он поразил только что распускающуюся почку сил. Слабость моя была чрезвычайна, беспамятство часто, выздоровление медленно. Восемь месяцев протекли с тех пор, как я разлучился с Фелициею, и вот я стал на ноги. Боже мой, боже мой! для чего ты отдал мне жизнь, не отдав счастья! Тогда узнал я то, чего не смел подозревать, чему бы никогда не поверил! Фелиция вышла замуж за одного из дальних своих родственников! С первого раза я считал ее мертвою, ибо жить и не писать ко мне были две мысли, которых не мог я связать вместе... Я уже свыкся с этою мыслию, как люди привыкают к яду. Она была горестна, но не обидна для меня... Можете судить, каково было мое бешенство, когда я узнал неверность Фелиции! Выброшенный взрывом гнева из круга обыкновенных страстей, я не знал никакой узды, никаких границ. Казалось, адская сила стремила меня, как ядро, на разрушение чужое и собственное. Огонь тек в моих жилах; сера кипела в груди. Я был глух на советы и увещания совести: я решился убить Фелицию! Что вы так страшно глядите на меня, господа? Постигаете ли вы чувство нетерпимости раздела в любви? Можете ли вы вообразить, можете ли понять, оправдать, по крайней мере извинить человека, который скорее убьет своего соперника, чем уступит ему любовницу, скорее пронзит сам ее сердце, чем позволит ему биться на груди другого? Если вы не имели о том мысли, если не слыхали тому примеров, то перед вами стоит тот, кто готов был произвесть это в действо, кто лелеял месть за любовь, как прежде самую любовь, — месть, это страшное наследство страстей необузданных. Воля, которую не умели переломить во мне с младенчества, разбила мое сердце, да я не ищу извинений. Бог, перед которого скоро предстану, рассудит, прав ли я, виноват ли я... Чему было должно свершиться, свершилось. Каждый миг замедления был мне нестерпим; я спал и видел кровь. Я жаждал увидеть изменницу еще однажды и в последний раз; этот раз должен быть последним часом в ее жизни. Я просился и был переведен в кирасирский полк, стоявший невдалеке отсюда. Я сделал это потому, что рота моя во время моей болезни перешла в Россию. Полный кровавых замыслов, я полетел на роковое свидание.

Приближаясь к замку, я с зверскою радостью воображал себе ее изумление, ее смущение передо мною, я предугадывал ее извинения, ее стыд при моих укорах, я наслаждался заранее ее ужасом при блеске лезвия, — решимость моя была непреклонна.

Однако чем ближе сюда, тем мягче и мягче становился гнев мой. Душевная боль опала, кроткие воспоминания прошлого счастия овладели мною против воли. Глухая осень оборвала уже листья с дерев сада, зато каждое из них одето было для меня сладкою поминкою. Я без мысли, без цели перепрыгнул на коне через рогатку садовую и наудачу тихим шагом объезжал все дорожки, знакомые глазу и милые сердцу; все было мрачно, и печально, и пусто, как в груди моей; павший лист хрустел под ногами, и ветер звучал, как в струны, в замерзлые сучья; грустна была песня его, но она лилась как масло на сердце. Осенняя заря разливала свои розовые сумерки будто на прощанье; она хотела разъяснить улыбкою целый день угрюмое небо. И вдруг совсем неожиданно наехал я на сидящую под деревом Фелицию. Не умею, не смею выразить, что тогда сталось, когда я взглянул на нее!! Я ожидал ее найти в полном расцвете прелестей, с гордым самодовольствием в глазах, близ ласкающегося к ней мужа или в толпе поклонников... И где ж и как нашел я ее? Сердце мое облилось кровью: она была худа и одинока! Все, что могут страдания душевные и болезни телесные, написано было на ее бледном лице. Одна прелесть еще сияла на нем — прелесть невинности. Слезы покатились из глаз ее, — они растопили мое сердце. Все подозрения, все сомнения, вся уверенность моя рассыпались при первом ее взгляде, — я упал, рыдая, к ногам ее...

Это свидание не было последним. Я вымолил у Фелиции позволение видать ее в замке по пятницам, дни, в которые граф уезжал обыкновенно в гости. Живучи вблизи, я узнал все адские хитрости, которыми намостил он себе дорогу к супружеству. Перехватывание писем, ложные вести, коварство под личиною участия — все было там на мою беду. Этого мало. Ему нужна была Фелиция для золота; она стала лишняя, когда он получил его. Злодейская холодность, ядовитые упреки, презрение ко всему, что достойно уважения в женщине, в супруге; все огорчения, какие только злоба может выдумать и бесчувственная подлость исполнить, отравили ее жизнь, уничтожили здоровье. Она чахла, она разрушалась в глазах моих, — я видел, я чувствовал это и перенес это; меня подкрепляла надежда, жажда мести. Я поклялся прахом отца и тенью матери, поклялся всеми страшными и священными клятвами для человека отомстить злодею неумолимо. Но я не хотел смешивать с кровью последних минут Фелиции; я молчал о моем намерении. Звезда души моей гасла чиста и невинна!.. Так

Когда в последний раз видел Фелицию, она предчувствовала свою кончину, и я не мог ее не предвидеть. Не знаю, с чем сравнить жестокую известность, которая близилась... Я был вне себя... В безумии умолял я ее, если не суждено нам еще однажды видеться здесь, чтобы хоть тень ее явилась мне перед тем днем, в который кончатся мои земные бури и страдания.

"Это будет рассветом моего будущего, блаженства... — говорил я. — Дай мне на этой земле вкусить небесную радость!"

"О, если б это было в моей власти, — отвечала она, — я бы слетела, как луч, вестником соединения!"

"Кто любит, тот верит, — возражал я, — и почему бог не исполнит невинного желания людей, рожденных друг для друга и только страдавших друг за друга!"

Она с улыбкою пожала мне руку. "Последняя молитва моя к богу будет об этом, — сказала она, — но последняя просьба моя к тебе — не мсти за меня графу!" Она не могла кончить речи и лишилась чувств, и я должен был оставить ее в таком положении!.. Легче, во сто раз легче было бы мне расставаться с душою, чем тогда с любезною! Она умерла, и я не закрыл ей очи!.. И кто лишил меня этого горестного утешения, кто, если не Остроленский? Последний завет, последняя воля ее была прощение, — но мог ли я простить ему!!

Судьба противостала и злобным и мирным моим желаниям; вскоре после похорон Фелиции она оторвала меня даже от тех мест, где бы я мог выплакать душу, как цветок намогильный. Я был послан ремонтером на всю дивизию внутрь Малороссии и, воротясь через два года в полк, узнал, что графе Остроленский, обвиненный уголовно за жестокость с крестьянами, бежал во Францию и вступил там в службу Наполеона.

Радостен был я, когда загорелась нынешняя война. Мысль

кончить по крайней мере со славою жизнь без счастия утешала меня. Месть врагам, разорителям отечества, меня одушевляла, но и собственная, сердечная месть меня не покидала ни в походах, ни в сражениях. Приближаясь ныне к местам, столь для меня памятным, она заговорила в душе громче, нежели когда-нибудь. Я сыпал золото, рассылая жидов проведать, не здесь ли граф Остроленский. Вчерась один из кровопродавцев воротился с вестью, что граф точно здесь и возмущает околоток к отпору. Я выпросился у генерала примкнуть к вашему отряду и поскакал вслед за вами с одним ординарцем. Остальное вы знаете, кроме заключения!..

Тут латник остановился, глаза его снова засверкали гневом, и кровь пятнами вступила в лицо...

— Я увидел в схватке бегущего графа, — продолжал он, — я следил, я достиг его далеко от замка. Конь его, застреленный мною, пал и придавил собою злодея. Палаш мой сверкнул над его головою. О! как сладки были для слуха моего мольбы врага о пощаде! Подлец! Он не умел и умереть благородно; он не выкупил ни одною минутою твердости черной своей жизни. Как унизительно выпрашивал он, будто милостыни, чтоб я дал ему время раскаяться! Нет, злодей! я не дам тебе раскаяться! Ты превратил в ад мое небо — ступай же сам в вечный ад! Я мог бы простить свою собственную, кровную обиду; но тысячи обид, нанесенных существу драгоценнейшему для меня всего на свете, с которым ты разлучил меня, — этого не мог и не должен был я простить. Это было выше души моей, — я с ожесточением вонзил ему в грудь свой клинок.

— Спрашивай о том у господина майора, — сказал я, указывая на латника.

Он вскочил.

— У меня одно приказание для вашего отряда, господин ротмистр, — отвечал он, — одна просьба до вас самих — велите зажечь замок со всех сторон: хочу, чтоб и самая память Остроленского погибла под пеплом!

Я склонил голову в знак согласия; скоро зазвучала труба. Мы едва успели сесть на коней, как замок вспыхнул столбом. Латник долго ехал, оборотись назад, будто любовался пожаром; но когда лес заслонил нас даже и от дымного облака, он впал в глубокую думу; мы не хотели докучать ему нескромным участием и ехали тихо, безмолвно.

Вдруг мой латник будто проснулся от сна.

— Господа! — произнес он, — прошу вас, как товарищей, отошлите этот кошелек в мой эскадрон. Пускай поминают меня мои добрые кирасиры! Отправьте также эти бумаги к брату моему (он назначил адрес), они будут ему весьма нужны... Наконец простите меня сами — не осуждайте память мою; сегодня, непременно сегодня я буду убит! Тень Фелиции посетила меня в прошлую ночь!

Мы изумились, слыша, с каким уверением говорил человек воспитанный о предчувствиях, о явлениях по смерти.

Впрочем, мы очень осторожно старались разуверить его.

— Вы видели портрет Фелиции, майор, а сон мог продлить заблуждение. Кровь ваша была вчерась так взволнована, так воспалена! — сказал я.

Латник горько улыбнулся.

— Господа! — отвечал он, — может быть, я не могу так же красно, как вы, толковать о лживости предчувствий, о невозможности сообщения живых с умершими... но я верил этому так жадно, так долго, эта вера была моею отрадою, какой-то голос в душе говорит мне, что я не обманут. Отечеству посвятил я жизнь мою, но умереть хочу для себя! За границею этого мира ожидает меня Фелиция!!

Более не молвил он ни слова.

Под вечер вышли мы на Виленскую дорогу и соединились с главным отрядом славного нашего Сеславина; к ночи налетели мы на Ошмяны, — там был сам Наполеон.

Несмотря на превосходство французов в силах, мы ударили в них как гром. Сам начальник наш с ахтырцами врубился в средину города, мы ворвались туда со всех сторон; крик, тревога, пальба, сабли и штыки в работе, но темнота, подарившая нас победою, укрыла Наполеона от поисков наших. Если б мы знали место ночлега, Ошмяны бы были геркулесовскими столбами его поприща.

Но, видно, судьба судила иначе: он ускакал.

Назавтра, на рассвете, я с поручиком Зарницким выступал из Ошмян в арьергарде нашего летучего, отряда. На улицах лежали еще трупы убитых; многие домы дымились после пожара... живые прятались по углам. Мы тянулись через площадь, на которой французы держались упорнее прочих мест. Тела лежали на телах, ободранные, обезображенные. Вдруг Зарницкий осадил коня, спрыгнул с него и припал к какому-то трупу...

— Боже мой! — сказал он. — Посмотри, Жорж, это наш латник!

В самом деле то был он, и обнажен весь; кирас его брошен был недалеко в грязи, но каска на голове и палаш в стиснутой руке остались. За оружием никто не гнался. На теле его видны были несколько ран пулями и штыками. Выражение лица его сохранило еще гордость и угрозу, но на нем не виделось ни следа страстей, обуревавших его молодость, оно было светло и спокойно.

— Дай бог! — прибавил Зарницкий. — Чудный человек! ты задал мне чудную загадку. В самом ли деле тень Фелиции была вестницей твоей смерти, или вера в заблуждение заставила найти ее?

— Не пройдет, может статься, трех часов — и французская пуля разрешит кому-нибудь из нас эту тайну, — возразил я.

Задумавшись, стояли мы над телом убитого товарища... Эскадрон прошел... Звук трубы вызвал нас из забвения.

Мы вспрыгнули на коней и молча поскакали вперед.

ЛЕЙТЕНАНТ БЕЛОЗОР

ГЛАВА I

Прощай, прекрасная стихия!
В последний раз передо мной
Ты катишь волны голубые
С неподражаемой красой!

А. Пушкин

В то время, когда полчища Наполеоновы праздновали в Москве собственную тризну, русский флот, соединенный с великобританским, под командою английского адмирала, блокировал при голландских берегах флот французский, запертый во Флессингене. В самое бурное время года, в открытом море, на ужасной глубине, лежал он на якорях в беспрестанной борьбе со стихиями и каждый час готовясь на бой с неприятелем. За ним была пустыня океана, кругом подводные скалы, впереди грозные батареи; но он, словно крепость, воздвигшаяся со дна, стоял неподвижно, — и неслыханная дотоле блокада сия доказала свету, что русские и англичане умеют торжествовать не только над гением человека, но и над всеми силами природы.

В октябре месяце бури были ужасны и продолжительны; кто терпел их в море под парусами, тот может судить, каковы они для флота на якорной стоянке, где каждый вал, встречая неподвижную громаду, поражает ее всею силою и обрушивается на нее всею толщею своею. Корабль стонет и дрожит тогда, как прикованный великан, бессильный убежать от валов или всплыть на них. Продолжительный, тяжкий скрип расходящихся членов, оглушающий рев всплесков, свист ветра в блоки и шум ударяющихся снастей — наводят тоску на сердце. Везде вы видите угрюмые лица; все как будто ждут чего-то рокового, и только изредка слышится голос вахтенного лейтенанта, словно голос духа, повелителя стихий; пронзительные свистки отвечают на призыв его: море бушует.

Ураган, свирепствовавший с 16 на 17 число октября, сокрушил на берегах Англии и Голландии множество судов. Ночь эта была страшна для осаждающих; вся опытность моряков истощилась, чтоб устоять на якорях или, в случае

71

обрыва, вступить под паруса для избежания неминуемого кораблекрушения при берегах. Посреди мрака и воя ветра повременно сверкали пушечные выстрелы, возвещая "бедствую!", фальшфейеры искрились, как блудячие огоньки над могилами, — корабли ежеминутно были в опасности свалиться.

Рассвет оказал всю бедственность их положения: линия была расстроена, корабли дрейфовали с двух якорей; на многих переломаны были стеньги и реи; иные, сорванные со стопоров, высучили канаты и под штормовыми парусами боролись вдали с вихрями; почти у всех изорванные и спутанные снасти висели в беспорядке, отопленные накрест нижние реи придавали еще более дикости виду их; волненье ходило горами. Картина была ужасная!

На русском корабле "Не тронь меня!" оказалась сильная течь; он замыкал линию слева, почти опираясь на каменную гряду подводных камней, которая на полмили простиралась в море параллельно с берегом. Прибой к ней, производящий неправильное волнение, называемое моряками толчея, всего более раскачал связь уже не нового корабля. Поставили запасные помпы, вооружили цепные; матросы работали неутомимо, но погибель была недалеко: вода лилась в расходящиеся пазы, и как ни равняли канаты, но то один, то другой вытягивался в струну, готовясь лопнуть; офицеры с недоверчивостью поглядывали на третий. К счастью, с рассветом шквалы затихли, и хотя ветер дул еще сильный, но волнение и качка стали правильнее. Мало-помалу все начало приходить в порядок: выстроили линию, убрались с повреждениями. Веселость возвратилась к усталым пловцам, лишняя чарка водки — и все забыто.

В четыре часа, то есть в восемь склянок, при смене вахт, вступающий в должность лейтенант, осмотрев все работы, подошел к капитану, ходившему по своей стороне шканцев, для рапорта о состоянии корабля.

— Господин капитан, — сказал он, приподняв свою круглую шляпу, — вахта принята благополучно, ветер сильный норд-норд-вест, глубина по лоту семьдесят восемь сажен, канатов на битенге по сто девяносто первой, воды в льяле...

— А что помпы — помпы, Николай Алексеич? — прервал его капитан, беспокоясь о течи.

— Все исправны; мы их держим на храпу, — отвечал лейтенант. — Не будет ли каких приказаний, капитан?

— Покуда никаких, Николай Алексеич, кроме благодарности вам за то, что вчерась заранее успели спустить марсареи. Опоздай вы часом, наверно бы не удержались на якоре, да не мудрено потерять бы и рангоут, а без него плохая шутка: разом повиснешь на какой-нибудь скале устрицею или пойдешь на дно хватать морские звезды!

Лейтенант был настоящий моряк, доброго, но сурового лица, загоревший от солнца всех климатов и несколько сутуловатый от привычки ходить под палубами. Шляпа его была надвинута на самые уши; пестрый шотландский плащ играл около его тела; в руках держал он лакированный жестяной рупор (разговорную трубу). На слова капитана он улыбнулся с довольным видом.

— Это игрушка, — отвечал он, — когда мы хозяйничали с Сенявиным в Адриатике, так, бывало, и стеньги спускали в четверть часа.

— Ныне это признано вредным, Николай Алексеич, — возразил капитан, пускаясь опять ходить, — снасти и ванты, спутанные на эзельгофте, представляют ветру большую площадь, нежели на выстроенной стеньге.

— Хорошо, что здесь нет осенью тифонов, — продолжал лейтенант, обращаясь к лейтенанту Белозору, у которого снял он должность, — а то поневоле бы стали делать все по-нашему. Бывало, эти смерчи, как бесы перед заутреней, вьются около носу; но если страшно попасть к ним в передел, зато весело глядеть, как они образуются и рушатся попеременно. Черное облако вдруг, как ворон, слетает на море, свертывается воронкой, то вытягивается ниткою на вихре, то бежит столбом, и между тем как молния обвивает его и море кипит, словно котел, видно, как смерч пьет воду...

— Плохой же он моряк, Николай Алексеич, — отвечал шутя Белозор, статный молодой человек, на котором из-под распахнутой шинели виден был аксельбант. На русском флоте адъютанты многих адмиралов поступают для кампаний в флотские должности по чинам, — Белозор был из числа их. — Я уверен, что наши балтийские тифоны, — примолвил он, — бывают опаснее для пуншевых стаканов, чем для заливов и проливов соленой воды.

— Конечно, так, моя невская яхточка, — ему бы следовало поучиться у нашего брата, старого моряка. Вода создана для рыб и раков, вино — для женщин и детей, мадера — для мужей и воинов, но ром и водка — для одних героев.

— Следственно, бессмертие для меня закупорено навеки: я не могу равнодушно глядеть на бутылку с ромом.

— И я тоже, любезнейший, и я тоже; у меня сердце бьет рынду, когда я завижу ее. Послужи с мое да испытай столько же бурь, тогда уверишься, что добрый стакан грогу лучше всех непромокаемых шинелей и всех противопростудных лекарств; как цапнешь темную, так два ума в голове; на валы смотришь, как на стадо барашков, и стеньги хоть в лучок гнутся — и горюшка нет!

— А какова была прошлая ночь? Если б не темнота, и на твоем лице, Николай Алексеич, полюбовались бы мы миловидною бледностью.

— Черт вытрави мою душу, если мое лицо не столь же мало сделано для румянца, как и для бледности. Буря — моя стихия. Подавай нам почаще таких ночей, по крайней мере не заржавеем; а то скука возьмет, стоя на якоре до того, что он пустит корни, как пульс, ощупывать канаты и сквозь сон покрикивать: "заложить сейтали, — не зевать на стопорах!" То ли дело шторм? Уму, и рукам, и горлу раздолье; вся природа пляшет тогда по дудке твоей!

— Слуга покорный за ваше раздолье... Вчерась я промок до самой души, проголодался, как морская собака, и должен был холоден и голоден отправиться спать, потому что нельзя было развести огня ни под котлом, ни в камине. К довершению удовольствия, меня дважды выкинуло качкой из койки, на которую сквозь палубу, как в решето, лилась вода струями.

— Ах ты, пряничная рыбка, любезный мой Виктор Ильич! Тебе бы хотелось небось, чтобы корабли плавали в розовом масле, ветер только целовал паруса, выкроенные из дамских платьев, и лейтенанты танцевали бы только по-вахтенно с красавицами!

— Без всякого сомнения, не отказался бы я погреть теперь сердечко подле какой-нибудь леди в Плимуте или дремать в тамошней опере после сытного обеда, чем слушать медвежий концерт ветров и всякую минуту ждать отправления в безызвестную экспедицию.

— По мне, на берегу в тысячу раз больше всяких опасностей, того и гляди, что спроворят кошелек или сердце. Когда ты обманом прибуксировал меня в доме Стефенсов, я не знал, в которую сторону обрасопить нос... Пол в гостиной, казалось мне, волнуется, и я обходил каждую фарфоровую вазу, как подводный камень. А пуще всего, эта проклятая мисс Фанни навела на меня зажигательные свои глазки так метко, что я готов был бежать от нее по пятнадцати узлов в час... Да ты не слушаешь меня, рассеянная голова!

В самом деле, Белозор, стоя на пушке, уже стремился взорами к берегам Голландии, как скоро мысль его попала на проторенную дорожку — на женщин. Подобно голубю, отпущенному с ковчега, она летела в край неведомый и возвратилась с веткою маслины. Заветный берег казался ему раем: там живут добрые, умные люди, там цветут красавицы, и в них, может быть, бьются сердца, готовые любить и достойные любви!.. Двадцать пять лет — опасный возраст, милостивые государи, особенно для людей, заключенных в плавучем монастыре, и Белозор, волнуемый болезнию, которую мы привыкли называть молодостью, воспламенился пред неясною, неопределенною мечтою своего создания. Он так нежно, так страстно глядел на Голландию, как будто в ней зарыли клад его счастья, невозможность подстрекала еще больше его любопытство побывать там, и он, любуясь на плотины, о которые оперлось море и из-за коих виднелись только мачты кораблей, как подводный лес, да там и сям крылья мельниц и стрелы колоколен, хотя и не выронил слезы, которая бы очень романически сорвана была вихрями и слилась с бездной океана, но вздохнул, и вздохнул очень глубоко. Не могу скрыть этого важного обстоятельства, как верный историк и покорный слуга истине.

Уже начинало смеркаться. Ветер засвежел снова и скоро обратился в шторм; но как все предосторожности были приняты, экипаж с уверенностию ожидал ночи. В это время в тесном горизонте показались паруса трехмачтового корабля, идущего с океана. Гонимый бурею, он быстро приближался к флоту под рифмарселями. Скоро разглядели, что это военный английский корабль, красный флаг его сверкал как молния в тучах. Все трубы, все глаза обратились на пришельца.

— Посмотрим, каково этот джентльмен ляжет на якорь в такую бурю! — сказал лейтенант Белозор.

— Он просто сумасброд, — прибавил вахтенный лейтенант, — форсирует парусами, входя в линию, когда в од-пи снасти дует так, что нельзя справиться. Посмотри, как гнутся его стеньги, мне кажется, я слышу, как трещат они. Или у него в кармане есть запасные мачты, или черти вместо матросов.

Опознательный флаг взлетел на адмиральском корабле и повторился на репетичном фрегате, который нарочно стоял на виду за линией, но приближающийся корабль бежал вперед, не отвечая.

— Что это значит?! — вскричали многие с изумлением. — Нет ответа!

— Он держит прямо на каменную гряду, — с беспокойством сказал вахтенный лейтенант. — Смотреть хорошенько сигналы.

Три флага вместе мелькнули на адмиральской грот-стеньге.

— Нумер сто сорок три! — закричал штурманский ученик. Лейтенант развернул сигнальную книгу.

"Идущему с моря кораблю войти в линию и лечь на якоре подле флагманского, слева".

— Есть ли ответ? — с нетерпением спросил вахтенный лейтенант.

— Никак нету-с, — отвечал штурманский ученик. Недоумение и страх всех возрастали с каждой минутою.

Тот же сигнал повторился, но с выговорной пушкою, — корабль, как будто не обращая на то внимания, катился прямо на роковую банку. Напрасно адмирал поднимал остерегательные сигналы за сигналами, он не убавлял парусов, не переменял направления; все с замиранием сердца смотрели, как он несся к верной гибели.

— Он не понимает наших сигналов, — вскричал вахтенный лейтенант, — он, верно, идет не из Англии для освежения наших кораблей, а с океана; только неужто незнакома ему эта гряда? Она означена на всех картах!

— Он погибнет, — произнес Белозор, — если сию же минуту не ляжет в бейдевинд!

Мгновение было роковое. Вахтенный лейтенант, вскочив на сетку и наклонившись всем телом вперед, так увлекся видом чужой опасности, что изо всей силы кричал им по-английски:

— Don't skid away, my boys! Hand a port and close up to the wind! Не держи прямо — лево на борт, и круче к ветру! Лево на борт! — повторял он, махая шляпой, как будто бы голос его мог пронзить расстояние и рев бури.

Наконец на корабле, казалось, заметили всплески бурунов, которые, как печь, дымились прямо пред их водорезом, и люди закипели на нем, как муравьи, реи обратились вдоль корабля, передние паруса заполоскались с отданными шкотами, и бизань, самый задний парус, распахнулась, чтобы ветром, в нее ударяющим, быстрой поворотило судно боком, но не успела бизань наполниться, как порыв бури вырвал ее вон; лопнувший парус грянул, как выстрел, и лоскутья разлетелись по воздуху.

— У него отбит руль! — произнес вахтенный лейтенант, отвращая глаза. — Ему нет спасения!

Мертвая тишина воцарилась между зрителями. С ожиданием, расторгающим душу, устремили все глаза на жертву, которую влекла неумолимая судьба к бездне. Страшно видеть смерть и одного человека, но быть свидетелем погибели многих сот товарищей и не иметь возможности помочь им — неизъяснимо ужасно!

Обреченный смерти корабль, — будто корабль-привидение,

который мечтают видеть порой суеверные пловцы в вечной борьбе с непогодами, исчезая и появляясь на страх им, — лишенный средств управлять бегом, с новой быстротой кинулся по ветру. На нем видна была тревога: люди взбегали и сбегали по вантам, сетки унизаны были матросами, они простирали руки, прося о помощи, и напрасно: последний час их пробил.

Со всего расходу ударился он о подводную скалу. Этот удар отдался в сердцах всех наблюдателей, исторгнув из них стон сострадания. Стеньги, мачты, самая громада корабля разрушилась в обломки и в один миг; паруса, затрепетав, разлетелись, как перья, огромный вал поднял разбитый остов и снова грянул его о незримые утесы.

— Все кончилось! — сказал Белозор, сплеснув руками в тоске отчаяния. В самом деле, там, где за минуту был корабль, теперь кипели одни буруны, распрыскиваясь по-прежнему друг о друга, и только вихорь завывал, только алчное море ярилось и бушевало.

— Флагман поднимает сигнал, — закричал с юта штурманский ученик. — Нумер двести семь: помочь утопающим.

— Благородное приказание, — сказал капитан, следя глазами трех человек, которые всплыли на рее и, заливаемые волнами, боролись вдали со смертию. — Благородное приказание, но его невозможно исполнить.

— Стыдно будет русскому находить в том невозможность, что англичанин признает за достойное, — с жаром возразил Белозор. — Позвольте мне, капитан, взять какое-нибудь гребное судно.

Капитан, вполовину недовольный противоречием, вполовину изумленный смелостью Белозора, строго взглянул на него и отвечал:

— Я не могу вам запретить этого, господин лейтенант, но поверьте моей опытности, что вы утопающих не спасете, а себя утопите.

— Я рад гибнуть там, куда призывает меня долг чести и человечества. Итак, я могу?..

— Можете; я позволяю, но не советую вам. Все большие гребные суда на рострах, а мелкие — все равно что гроб.

— Я готов пуститься в решете, — вскричал обрадованный Белозор, — веселей гибнуть вместе с другими, чем глядеть, сложа руки, на их погибель. Охотники, за мной!

Там, где дело идет о великодушной смелости, между русских солдат в охотниках не бывает недостатка. Человек тридцать кинулось за отважным лейтенантом, но он, выбрав пятерых самых проворных, сжал руку другу своему Николаю Алексеичу и вскочил в четверку, висящую на боканцах, при кликах товарищей: "Благополучного возврата!"

Грунтов и тали, то есть веревки, ее держащие, были обрезаны, и он полетел в разверстую пучину.

ГЛАВА II

О боже! Как мучительно казалось мне утопление! Какой ужасный шум воды в ушах моих! Какие отвратительные зрелища смерти пред глазами! Мне снилось, будто я вижу обломки тысячи страшных кораблекрушений, тысячи трупов, коих грызли рыбы, слитки золота, огромные якоря, груды жемчугов, неоцененные камни и украшения, разбросанные в глубине моря; иные сверкали в человеческих черепах, во впадинах, где витали некогда очи!

Шекспир

Ниспав с вышины борта двухдечного корабля, шлюпка исчезла в брызгах и пене, и в один миг великий вал унес ее далеко за корму. Пловцы наши едва-едва успели шапками отчерпать воду, и Белозор в тот же час велел поставить мачту и поднять до половины парус. Когда он оглянулся, флот был уже далеко назади, и он чуть различил стоящего у вант вахтенного лейтенанта, который следил взорами бесстрашного друга. Рей, на котором спасались утопающие, порой виден был, всходя на валы, мелькаючи концом паруса; но этот самый парус, вздуваемый иногда ветром, заставлял обращаться рей беспрестанно и погружал в воду прильнувших к нему несчастливцев. Напрасно всползали они наверх, чтоб дышать воздухом, строптивое бревно топило их снова и снова, и когда подоспела помощь, силы их оставили: Белозор уж никого не нашел на нем.

Пожалев о безвременной гибели утопших, надо было позаботиться о собственном спасении. Нечего было и думать о возвращении на корабль против ветра и волнения; Белозору оставалось одно средство — отдаться произволу стихий и попытать счастья пристать к берегу, чтобы на нем провести ночь и переждать, покуда стихнет буря. Вздумано — сделано. Правя гораздо левее города, он стрелой летел ко враждебному краю, где смерть или плен сторожили его. Он хладнокровно смотрел на влажные утесы, с плеском и воем наперерыв догоняющие утлую ладью. Кипя, склонялись они кудрявыми главами над кормою, готовясь обрушиться, рушились и выносили ее на хребте своем, как ореховую скорлупу. Сам Белозор сидел на руле, трое отливали воду, а двое остальных держали на руках шкоты. Видя спокойное лицо начальника, они полагали себя в полной безопасности. Скоро совершенно стемнело. Вдали замелькали между валов огни городские и послышался ропот прибоя, словно шум толпы народной. Белая гряда бурунов, как рубеж смерти и жизни, кипела перед ними; матросы, притаив дыхание, крестились, ожидая удара; страшно плескалось и стонало море между каменьями.

— Не робей, ребята! — говорил Белозор своим людям. — Куртки долой, и, если опрокинет, хватай весла, и чуть коснулся дна — карабкайся дальше, чтобы другой вал не утащил опять в море! Держись!

Как щепку взбросило ялик на бурун, и стремглав ударило его на камень. Перекинутые через эту водную стену спорных валов, оглушенные падением, пловцы наши спасены были только веслами, за которые они уцепились, ибо плавать не было никакой возможности. Уже все матросы были на берегу, но Белозор не показывался. Добрые матросы бежали навстречу каждому валу, думая выхватить из него любимого начальника, но он разбивался в пену, убегал, набегал снова, — и все напрасно! К счастью, когда вдребезги разрушилась шлюпка, Белозор удержал в руке своей руль, которым правил, и он-то дал ему силы удержаться на толчее, в которую попался; мощный вал далеко выбросил его на берег.

Притаясь в кустах ив, коими обсажены все голландские плотины для скрепы их, наши моряки дрожали от холода, но веселость, это ничем не угнетаемое качество русского народа, и тут их не покидала.

— Ух, какой ветер! — сказал урядник, пожимаясь. — Чуть душу не вывеет.

— Держи крепче зубами, — возразил другой.

— Шути, шути! — отвечал урядник. — Выползли мы, как раки, чтоб не замерзнуть, как ужам после воздвиженья.

— А вот взойдет казацкое солнышко, так просушим сапоги, а сами надрожимся до поту, — прибавил третий.

— Уж этот месяц! Светит, а не греет, — даром у бога хлеб ест. Покурил бы, право, хоть трубки, авось бы стало теплее, — сказал четвертый.

— Жаль, брат, что ты раньше не догадался, — возразил второй, — из глаз у меня, как с огнива, искры посыпались, когда головой ударился о плотину.

— Что вы раскудахтались, словно куры в корабельной клетке, не даете доброму человеку заснуть, — сказал третий матрос. — Спи, Юрка, небось нашему брату не впервые в грязи отдыхать, оно и мягче; чарку в головы, лег

— свернулся, встал — стряхнулся.

— Лечь-то ляжешь, и в бараний рог свернуться нехитро, а уж вставать-то как бог даст, — отвечал Юрка.

— Вот нашел, о чем заботиться, — примолвил урядник, — показать только линек — и так благим матом вспрыгнешь, словно заяц с капусты.

Так шутили между собой полунагие матросы и между тем зябли без всяких шуток. Белозор, который желал теперь быть за тридевять морей от земли, которая за несколько часов казалась ему обетованного, напрасно завертывался в мокрую шинель свою, — холод оледенял его члены.

— Вставай, ребята! — сказал он наконец. — Пойдем искать ночлега; авось набредем на добрых людей, что нас не выдадут, а утром, коли стихнет буря, захватим рыбачью лодку и опять в море!

Так передавал он подчиненным надежду, которой не имел сам.

— Только не расходитесь, — примолвил он, пускаясь вперед по плотине, — да не говорите громко по-русски, чтоб не наделать тревоги!

— Меня не узнают, — уверительно сказал Юрка, — я таки маракую толковать на их лад.

— Где же ты выучился говорить по-голландски? — спросил Белозор, очень довольный, что будет иметь переводчика.

— Ходил за рекрутами в Казанскую губернию, Виктор Ильич, так промеж них наметался по-татарски.

— И ты воображаешь, что тебя голландцы поймут, когда ты станешь болтать им по-татарски?

— Как не понять, ваше благородие, — ведь все одна нехристь, — отвечал очень важно Юрка.

Сколь ни печально было положение Белозора, по он не мог удержаться от смеха. Запретив, однако ж, своему доморощенному ориенталисту выказывать свою ученость, он, как новый Эней, вел маленькую дружину куда глава глядят.

Долгая узкая дорога, насыпанная валом по низменному берегу, вела все прямо, но куда — рассмотреть было невозможно. С обеих сторон то просвечивали болота, то чернелись ямы турфа, подле коих возникали пирамиды его, изрезанного в кирпичи. Шумный ветер препятствовал слышать какой-нибудь голос.

Прошедши таким образом версты две внутрь земли, наши путники обрадованы были журчанием воды, как будто прорывающейся сквозь затвор мельницы, и скоро достигли до уединенного каменного строения, примыкающего к шлюзу огромного болота. Колесо не действовало, и вода, пущенная в русло, шумела там сильнее. На дорогу не было окон, но по болоту змеилась полоса света, вероятно из обращенного на него окна... Русские остановились в раздумье: идти ли, не идти ль им в средину.

— Ну что, ежели там французы! — сказал Белозор.

— Хоть бы целая рота чертей, ваше благородие, — возразил урядник, — все-таки лучше, нежели умирать с холоду.

— Я так голоден, что готов съесть жернова, — прибавил другой.

— А я так устал, что засну между шестернями, — присовокупил третий.

— Плен краше смерти, Виктор Ильич, — возгласили они вместе, — ведь французы нас не съедят!

— Не в том дело, друзья мои. Надо бы так умудриться, чтобы за один ночлег не заплатить свободою; надо биться до самого нельзя, чтоб избегнуть плена; мельница далеко от другого жилья, а мы волей и неволей заставим хозяина скрыть нас, а утро вечера мудренее. Вооружитесь-ка чем попадется да войдем потихоньку!

Выдернув рычаг из ворота на подъеме шлюза, Белозор ощупью отыскал дверь; против всякого чаяния, она была отперта настежь. Вступая в широкие сени, которые служили вместе и мучным амбаром, насилу доискались они между мешками входа в комнаты. С трепетанием сердца повернул Белозор ручку и очутился в теплой и светлой поварне, в этой приемной палате голландцев. В огромном очаге, у которого стенки выложены были изразцами, а чело из красной меди, весело пылал огонь и близ него на вертеле разогревался кормный гусь. Светлые кастрюли дымились на чугунной плите. Кругом на полках из лакированного бука низалась, как жар сверкающая, посуда.

Осанистые кувшины и жеманные кофейники со вздернутым носиком, подбоченясь, красовались в углу на горке. Цветные склянки вытягивали утиные шейки свои друг

81

перед другом; высокие бокалы, как журавли, стояли на одной ноге, и несколько старовечных чайников с длинными носами точно рассказывали что-то друг другу на ухо. Во всем виден был домовитый порядок, пленительная чистота и какое-то приветливое гостеприимство. Самые блюда будто сверкали радушною улыбкою.

К удивлению, однако же, они не видели никого в этом приюте, словно духи приготовили ужин для голодных странников, которые с каким-то благоговением разглядывали все безделицы и поглядывали на яства. Только у дверей на гладком кирпичном полу, свернувшись, лежала собака, но она не лаяла, не шевелилась.

— Экая благодатная землица, — сказал один матрос, — и собаке-то ночью службы нет!

— Она, брат, неспроста не лает, — робко молвил другой, указывая на зажженное ромом блюдо плумпудинга, — здесь все заколдовано.

— От часу не легче, — вскричал урядник, отворив двери в соседнюю комнату и увидев на постели женщину со связанными руками и платком во рту.

— Что бы это значило?

— Видно, говорлива была, — сказал другой. — Ведь хитрый же народ эти голландцы: умудрились пеленать баб, когда им нечего делать. Да этакую заведенцию и нам бы перенять не худо, а то как они разболтаются, хоть святых вон понеси!

— Да вот и мужчина! — вскричал третий, запнувшись за чье-то туловище. В самом деле, толстый мельник, что можно было угадать по напудренному его платью, закрыв от страха глаза, лежал связанный на полу... Шум в следующей комнате прервал их рассуждение о странных обычаях в Голландии. Казалось, кто-то говорил повелительно, другие голоса, напротив, жалобно упрашивали. Дверь была заперта.

— Отворите! — вскричал Белозор по-французски, внемля стуку и крику за дверью. — Отворите! — повторил он, потрясая задвижками. — Или я выломлю двери.

— Quel drole de corps s'avise d'y faire l'important? Кто смеет там важничать? — отвечали ему многие голоса на том же языке.

— Отворите и узнаете!

— Va te faire pendre (убирайся на виселицу), — было ответом, — nous sommes ici de par l'empereur Napoleon (мы здесь по приказу Наполеона).

— Если б вы были здесь по приказу самого сатаны, и тогда отворите, или я раскрою не только дверь, но и черепы ваши!

Громкий смех, перемешанный с выразительными клятвами французских солдат, вывел его из терпения; удар ноги высадил двери с петель; они, треща, упали в средину; неожиданное зрелище представилось глазам его.

Четверо французских мародеров, полупьяные, полуоборванные, заняты были грабежом; один, держа свой тесак над головой старика, сидящего в креслах, шарил у него в карманах; другой грозил карабином на прелестную девушку, которая на коленях умоляла о пощаде отца; третий осушал бутылку с накрытого для ужина Стола, прибирая в карманы ложки, между тем как четвертый ломал штыком замок железом окованного сундука, который противился его усилиям.

— Ilalte la, coquins! [Стойте, негодяи! (фр.)] — произнес Белозор, и вышибленный из рук француза карабин грянулся на пол; вместе с этим он дал такого пинка другому, который грозил старику, что тот полетел в угол. Два камня засвистели еще, и один из них угодил прямо в бок ломающему сундук; он заохал и выронил штык из рук своих.

— Sauve qui peut, nous sommes cerne (спасайся кто может, мы окружены)!

— вскричали испуганные мародеры и опрометью кинулись в растворенное окошко; все это было делом одной минуты.

Старик голландец, одетый в китайский халат, с изумлением поворачивался на креслах то вправо, то влево, и на полном, как месяц, лице его, увенчанном бумажным колпаком, очень ясно видно было, как пробегали облака сомнения: к какому роду причислить своих избавителей? Полдюжины полуодетых, или, лучше сказать, полураздетых, людей, с небритыми бородами и бог весть какого племени, заставляли его думать, что он переменил только грабителей, не избегнув грабежа. Восклицания: "genadiste Good [Милосердный бог (голл.)], два аршина с четвертью!" и потом аа, которое переходило в оо и кончилось на ээ — двугласных, составляющих основу голландского языка и нрава, доказывали, что ни ум, ни сердце его не на месте. Зато милая дочка его была гораздо признательнее и доверчивее; неожиданный переход от страха к радости так поразил ее, что она чуть не кинулась на шею к Белозору и, схватив его за руку, в несвязных восклицаниях благодарила за избавление. Он раскланивался, она приседала, оба краснели, не зная сами отчего; старик поглядывал на ту и на другого.

Наконец, всмотревшись хорошенько в открытое, благородное лицо юноши, голландец будто отдохнул.

— Кому одолжен я столь важною услугою? — спросил он по-французски, приподнимаясь с кресел и снимая колпак.

— Человеку, брошенному бурею на ваши берега, который просит у вас не только гостеприимства, но и убежища, — отвечал Белозор. — Я русский офицер!

С сим словом он сбросил с себя шинель и показал аксельбант свой.

— Русский офицер! — вскричал голландец, опускаясь в кресла, как будто эта весть придавила его.

Такое начало не много предвещало добра Белозору. Он знал, что в Нидерландах была тьма партизанов нового французского короля Луциана, и легко могло статься, что хозяин был одним из них.

— Могу ли надеяться найти в вас друга или по крайней мере великодушного неприятеля? Если вы не решитесь скрыть нас у себя на время, то не предавайте французам.

— Stoop, stoop [Стой, стой! (голл.)], молодой человек! — вскричал с жаром голландец. — Август ван Саарвайерзен никогда не был предателем, и все голландцы друзья русским со времен вашего Великого Питера, в особенности я; у двоюродного деда моей жены учился он плотничать в Заардаме. Я так же ненавижу французов, как и ты: от всего сердца. Проклятые эти мыши сгрызли наш кредит, как свечку, своею континентального системою и заставили меня, первого суконного фабриканта в Флессингенском округе, работать на своих грабителей солдатские сукна. Правда, я от этого подряда не в накладе, но слава, слава моих сукон пропадает теперь... А какие у меня делались сукна! Мягче бархата, крепче кожи — и шириной в два аршина с четвертью, sapperloot! [Тьфу! (голл.)] Ты у меня безопасен на несколько дней вместе со своими земноводными; вот моя рука, и дело в шляпе. Ступай-ка, приятель, сними свой свежепросольный мундир, и потом за рюмкою мы потолкуем, как все уладить.

Ван Саарвайерзен вывел матросов в поварню и поручил избавленной поварихе угощать их, и скоро они уже разговаривали между собою, болтая каждый без умолку по пальцам и языками, будто понимая друг друга как нельзя лучше. Виктору же указал он небольшую комнату, принес ему стеганый халат, сухого белья — одним словом, ухаживая как за сыном.

Через четверть часа наш герой явился в столовую, хотя странность наряда пугала его более, чем неприличие в нем показаться на глаза красавице. Необходимость, впрочем, служила ему и убежденьем и извиненьем; только он никак не

84

согласился надеть на голову пеньковый парик от простуды, несмотря на все увещания хозяина.

Ужин был подан.

Белозор будто ожил, мало что ожил — будто вновь одушевился. Благотворная температура комнаты, вкусные блюда, славное вино, а что всего важнее, близость миловидной девушки развернули его ум и чувства необыкновенною веселостью. Он чокался с хозяином, смеялся с дочкой его, бросал ему шутки, ей приветы и, несмотря на промен пламенных взглядов, не забывал работать ложкой и вилкою. Таков человек, милостивые государи, такова вся природа: жаворонок с неба летит на землю за червячком.

Получив хорошее воспитание, ограненное, так сказать, столичного жизнью, он свободно мог изъясняться по-французски, а немецкий язык был ему почти природным по матери, урожденной эстляндке, и потому беседа их была тем живее, тем непринужденнее. Иной, взглянув со стороны, подумал бы, что Белозор вырос в доме Саарвайер-зена.

— Ну, герр Виктор, — сказал хозяин, отдыхая от смеха, — ты чудо малый, и мы с тобой скоро не расстанемся!

— Не нахожу слов выразить мою благодарность...

— Да, пожалуйста, и не ищи: ты вперед заплатил за постой. Знаешь ли, от какой потери спас ты меня своим неожиданным приходом? Sapperloot! Это не безделица: я получил сегодня от французского комиссарства за сукна двадцать тысяч золотых латников; но четверо мародеров, наверно, захватили бы их в плен, если б успели сделать пролом в этом сундуке. Ты очень кстати упал, как с облаков.

— Скажите лучше, выброшен из кита, словно Иона; однако ж, если мне удалось испугать нескольких бездельников, самому придется бегать добрых людей не лучше их. Я думаю, завтра вы нарядите нас в мучные мешки, герр Август?

— Не думаешь ли, приятель, что Август ван Саарвай-ерзен, первый фабрикант своей области, живет на мельнице? Два аршина с четвертью! Нет, брат, это случаем остался я здесь ночевать, запоздав счетами с своим мельником. Карету я послал в город кой за какими покупками, и завтра мы преспокойно покатимся в ней на завод мой — флаамгауз. Матросов твоих оденем в фризовые куртки и, пускай не погневаются, запрем на заводе в особую комнату, и вон ни ногой: выдадим их за машинных мастеров для станков нового изобретения; такие секреты у нас не редкость. Тебя же пожалуем в дальние родственники; будто приехал из Франкфурта погостить и поучиться порядку; а между тем приищем верных людей, которые бы взялись доставить вас мимо брантвахты на флот. Теперь это нелегкая вещь: строгость неимоверная, время осеннее; но пусть говорят что угодно, а мы докажем, что золото плавает на воде!

Белозор чуть не прыгал на стуле от удовольствия; мысль, что он проведет несколько дней близ Жанни (так называлась дочь хозяина), делала его счастливцем. Несколько дней — это целый век для юноши, так, как червонец — неистощимая казна для дитяти. Воображение надувало своим газом шар его надежды, и сердце мечтателя летело с ним за облака. Прелесть романической встречи занимала его более чем истинное желание. Полон любовной чепухою, раскланялся он с добродушным голландцем и с резвою его дочкою, — и сон, как пуховик, охватил восторженника своими ласкательными крылами.

ГЛАВА III

In slumber, I pry thee how is it,
That souls are oft taking the air,
And paying each other a visit,
While bodies are — Heaven knows where?

Thomas Moore

[*Как это происходит, спрашиваю я тебя, что во сне души путешествуют по воздуху и посещают одна другую, в то время как тела их находятся бог знает где? Томас Мур (англ.)*]

Расскажите, пожалуйста, каким образом бывает во сие, что души прогуливаются (это спрашивает Мур) и платят друг другу визиты, между тем как тела бог весть где? Этот же самый вопрос повторял сам себе Виктор, пробужденный звоном серебряного колокольчика в комнате Саарвайерзена от сладкого сна и еще сладчайшего мечтанья, в котором образ милой голландочки играл, кажется, не последнюю роль.

Он улыбнулся и вздохнул, заметив, что прильнул устами к подушке, которую страстно прижимал к груди своей, но,

86

вспомня, что одно ласковое слово наяву лучше сонного поцелуя, он поспешно вскочил с постели, повернул кран, вделанный в стене, и, с помощью душистого мыла, щеточек и гребеночек, сгладил с лица своего все следы кораблекрушения. Туалет юноши короток: ему стоит только освежить то, что даровала природа, между тем как человеку в летах надо не только скрыть недостатки, но еще подделать красоты, которых уже нет. К большому удовольствию, Виктор нашел на месте халата франтовской сюртук, привезенный уже из города. Преобразившись, таким образом, в гражданина и закрутив перед зеркалом черные свои волосы в крупные кудри, Виктор явился в общую комнату, в которой дымился уже самовар, как жертвенник.

— Поздняя птичка, поздняя птичка! — сказал Саарвайерзен, протягивая к нему руку. — Долгий сон, два аршина с четвертью!

Но когда Жанни, подняв на него свои голубые глаза, произнесла свой: "Bonjour, M. Victor" [Здравствуйте, г. Виктор (фр.)], — голос у него замер вместе с дыханием и лицо загорелось как утреннее небо: так прелестна, так очаровательна показалась ему голландочка. Волосы трубами распадались по статным плечам ее из-под легкого кружевного чепца, живописно сдернутого лентою. Вдохновенный фламандскою поэзией, я бы сказал, что румянец на щечках ее подобился розам, плавающим на молоке. В ямочках, напечатленных улыбкою, таились микроскопического роста амуры; два полушара, будто негодуя друг на друга, пробивались сквозь ревнивую ткань утреннего платья, и легкий стан, который, кажется, манил руку обнять себя, и, наконец, две ножки, обутые в зеленые атласные башмачки, ножки, кои обращали в клевету укор путешественников, будто в Голландии нет стройных следков, — ножки, которые сам причудливый Пушкин мог бы поместить вместо эпиграфа какой-нибудь поэмы, — одним словом, все, от гребенки до булавки, восхищало в ней нашего героя. Жанни с кофейником в руке олицетворяла для него Гебею, разливающую нектар небожителям, который потягивали они, конечно, не от жажды, но от скуки, и он признавался мне, что никак не рассердился бы на случай, если бы с этой полубогиней повторилось несчастье, не терпимое этикетом олимпийского двора, за которое она отставлена была без мундира и удалена от пресветлых очей тучегонителя Зевса.

Он был еще в том золотом возрасте, когда мы не ищем связей, но жаждем любви и, послушные внушениям сердца, предаемся ей беззаветно, требуем нераздельной взаимности. Впоследствии испытанные и, может быть, усталые в игре любви, мы гоняемся более за умом, нежели за чувством, и блестящие дамы увлекают нас скорей, чем застенчивые девушки. Тогда вкус наш притуплён; ему нужна острота для возбуждения, и, сидя подле прелестной скромницы, только из учтивости поглощаем мы зевоту и потихоньку шепчем с Байроном: то ли дело дама! Для нее не нужно переводчика, чтобы понять, о чем говорится, и, водя вас за нос и приклеивая вам нос, она дарит приятнейшими часами; а девушки умеют только прелестно краснеть, притом же они так пахнут бутербродом (toasts)!

Виктор, как мы уже сказали, не достиг еще до этой премудрости и, полюбя душой, искал только души, которая бы вполне отвечала ему, любил для того, чтобы любить, а не умничать. Сердце его полетело навстречу девственному сердцу Жанни, которая недавно бросила куклы и еще не привыкла к автоматам — одноземцам своим. Семнадцать лет — роковое время даже по Брюсову календарю, а Брюсов календарь, как вам известно, безошибочный оракул, и появление Викторовой звезды на сердечном горизонте милой голландочки грозило каким-то чудным сочетанием планет.

Приятная наружность, веселый, откровенный нрав, а всего более бесстрашие его для спасения утопающих, помощь, им оказанная, и опасность, висящая над его головою, — все это вместе заронило в грудь Жанни такие искры, которые не хуже греческого огня зажгли бы сердце в воде, не только во фламандском тумане. Как ни малоопытен был новичок наш, однако ж заметил, что если перед ним не спускали еще флага, по крайней мере салютовали равным числом вздохов — вещь, равно лестная его самолюбию, как и радостная для его склонности. В короткое время их знакомства они уже бегло изъяснялись пламенным наречием взоров и в один час говорили друг другу столько новостей посредством этого телеграфа, что сердцу было на целую неделю работы пояснять и дополнять недосказанное. Жаль, право, что в наш изобретательный век не приспособят этого наглядного, или, лучше сказать, ненаглядного, средства ко взаимному обучению. Я уверен, что самый тупой ученик, с помощью пары женских глазок, в несколько заседаний станет понимать обо всем, как славный Пико де ла Мирандола, который на двенадцатом году выдерживал ученые споры на всех живых, мертвых и полумертвых языках.

Занят или, лучше сказать, поглощен созерцанием своей

Жанни, молодой моряк очень рассеянно отвечал на вопросы и шутки хозяина; но, к счастью, тот, прихлебывая звездистое кофе, дымя трубкою и пробегая листок купеческой газеты, мало обращал внимания на все, что не носило на себе вида нумерации.

Скрипнувшая дверь заставила, однако ж, всех обратить на нее взоры; входящий в комнату был человек высокий, худощавый, в черном фраке, скроенном еще во времена Рюйтера, в плисовых штанах с тяжелыми пряжками и в дымчатых шерстяных чулках, замкнутых в обширные башмаки. Лицо его походило на солнечные часы, — так выставлялся вперед тонкий нос его; мигая, он так высоко подымал брови и так бросал зрачками, как будто они хотели перепрыгнуть через нос, чтобы повидаться. Он беспрестанно силился улыбнуться, но, правду сказать, оставался при одном желании. Очень значительно покрякивая, стал он раскланиваться, и при каждом сгибе осанистая коса его перекатывалась со стороны на сторону: казалось, хребет его и его коса (то есть хвостик, прицепленный разумнейшим из существ к своему затылку) были рождены друг для друга; невозможно было представить себе эту спину без косы или эту косу без такой спинки. Чудак этот был бухгалтер Саарвайерзена — занятие, которое можно было угадать по исполинской книге, которую тащил он под рукою; на ней, на зеленом сердечке, написано было заглавными буквами: "Groos Buch" ["Главная книга" (голл.)].

— Добро пожаловать! — вскричал хозяин, завидя его. — Мы тебя только и ждали. Дай-ка твоего табачку, Гензиус!

Гензиус, который был, так сказать, двуногою табакеркою хозяина, скрипнул систематически крышкою и с почтением поднес табак Саарвайерзену.

— Ну, что новенького в городе? — спросил тот, понюхивая.

Рот Гензиуса растворился, как шлюз.

— Ничего, — отвечал он.

— Что говорят оранжисты, что делают наполеоновцы?

— То же, что и прежде, — возразил преважно бухгалтер.

— Ну, брат Гензиус, из тебя и пробочником не вытянешь весточки; будь я король, я бы как раз произвел тебя в тайные советники. Расписался ли по крайней мере ван Заатен в получении последней отправки сукон?

Этот вопрос навел Гензиуса на родную колею; он с торжествующим видом раскрыл книгу и указал на страницу, унизанную нулями, как бурмицкими зернами. Лицо хозяина просияло.

— Чудная сделка, славный барыш, — ворчал он про себя. — Право, завод мой не воздушные вавилонские сады и мой кредит крепче пирамиды фараонов. Ну, господа, теперь можно и отправляться im Goodens naamen (во имя божие).

Все было готово к отъезду в одну минуту. Карета, запряженная четверкою огромных фризских коней, потрясла шоссе, подъезжая, и путешественники покатились в ней к столице фабриканта. Хозяин с дочерью поместился в задней половине, Гензиус и Виктор — в передней, и он так был доволен, так восхищен, сидя против милой голландочки, что, сколь ни новы были для него окружающие предметы, сколь ни любопытно путешествие по чуждой земле, он ни разу не выглянул за окошко. Многие с нетерпением скачут по дороге, не наслаждаясь удовольствием ехать от излишнего желания доехать; напротив, мой Виктор был счастлив путешествием, одним путешествием; он желал бы сделать из него вечное движение; весь мир его качался тогда на одних с ним рессорах. Он умолял только судьбу, чтобы она наслала на колесницу их морскую качку, чтобы дорога была круче и ухабистей, — и знаете ли, для чего? Чтобы колено его могло коснуться колена красавицы — опыт, который ему удался только однажды, и оставил сладостное ощущение навсегда. Очень любопытно бы знать, какой степени электричества доступно колено хорошенькой женщины? Виктор уверял меня, что он почувствовал тогда удар, как от прикосновения к электрической рыбке, а что всего замечательнее, удар этот произошел, несмотря на то, что ни в одном из них не было отрицательного электричества. Предлагаю эту задачу на разрешение гг. физиологов.

Итак, милостивые государи, вы бы напрасно ждали от Виктора кудрявых рассказов о своей поездке, о том, пуста или населена была дорога, живописно или однообразно местоположение, по горам или по болотам ехал, о том, что встретил он достойного внимания и недостойного памяти, ни очень любопытных рассуждений о характере народа, основанных на фигуре кровель, на счетах трактирщиков и на ухватках почтальонов, ни встреч, никогда не бывалых, ни историй, никогда не случившихся, — одним словом, ничего, составляющего основу романических путешествий. Но зато он очень хорошо познакомился со всеми прихотями Жанни и мог описать вам топографию малейшего родимого пятнышка на ее лице.

Между тем плавно зыблющаяся карета быстро неслась далее, приближалась и приблизилась к мете. Виктор был в каком-то забытьи; он не замечал не только ученых толков Саарвайерзена о постройке и поправке плотин, не только серебряной табакерки Гензиуса, которую тот подносил, потчуя гостя, к самому носу, но даже времени и пространства. Такие часы сладостны и невозвратны; многими крестами означены они в истории нашего сердца, и увы!

— крестами надгробными; они драгоценнее для нашей памяти целых годов, заметных для света и, может быть, славных или выгодных для самих себя, но пустынных для души, с которой обрывают они радости зимнею своею рукою.

Приехали... Дверцы распахнулись... Виктор очнулся, наконец, как лунатик, пробужденный на колокольне; но когда нежная ручка, опершись на его руку при выходе из кареты, нежно пожала ее, когда ангельская улыбка отвечала на его приветствие, когда серебристый голос произнес! "Вот ваша темница, Виктор!" — то он готов был божиться, что дом Саарвайерзена, построенный в тяжелом фламандском вкусе, осьмое чудо света и во сто раз прелестнее всех мавританских замков в Альгамбре, — верьте после этого описаниям любовников!

Попросту сказать, дом этот, построенный на обширной площади, весьма походил на карточный. Он сложен был из нештукатуренных, но гладких кирпичей, и высокая кровля его убрана в узор муравленою черепицею. Возвышение, заменяющее крыльцо, простиралось во всю длину дома, и висячий балкон служил оному навесом. Окна нижнего жилья были до самого пола; в средине над прилепом (карнизом) чернелись часы, которые, словно аргусовыми очами, глядели на два крыла строений, в которых помещены были службы и фабрика. Двор, несмотря на осеннее время, был чист как стекло; стены, вымытые мылом и вытертые щетками, лоснились; окна сверкали ясными стеклами, рамы и двери — лаком и бронзой; необыкновенный порядок был виден во всем.

Жанни, как ветер, порхнула в объятия своей матери, голландской барыни в полном смысле слова. Вообразите себе барашка, сделанного из масла, которого произвела рука домашнего ваятеля для увенчания кулича о светлой, и вы схватите нечто похожее на фроу (vraw) Саарвайер-зен, прибавя, разумеется, к этому целые пуки брабантских кружев, ключей и приседаний. Иль если вы видели в Эрмитаже куклу хозяйки Петра Первого, вы видели мать Жанни. Впрочем, никто в свете не мог быть добрее и ласковее ее.

Волей и неволей потащили молодца осматривать комнаты; неумолимые хозяин и хозяйка терзали его, как журналисты читателей при академической выставке; каждая редкость была ему колесом пытки. Виктор слушал, крепя сердце.

Внутренность покоев, то обитых богатыми восточными тканями, то убранных резьбою на орехе, отличалась более чудесностью и богатством, нежели вкусом и красотою. Огромные японские вазы из синего с золотом фарфора стояли, прегордо надувшись, по углам, и в них красовались бархатные и парчовые цветы, разливая земное благоухание. Дело затейливых одноземцев Конфуция, восковые и фарфоровые мандарины насмешливо качали головками на закраинах каминов, и только одни картины Теньера, ваи дер Неера, ван Остада, Рембрандта, Вувермана и других известных живописцев фламандской школы заслуживали внимание.

— Каков этот Ван-Дик, дружище, — аа? — сказал хозяин. — Закладую его против мускатного ореха, если в самом Брюсселе найдется ему пара! А этот портрет нашего героя Витта? От него поневоле сторонишься, чтоб не задеть за нос, — так он выходит из рам. Вот вид морского сражения, за которое расстреляли англичане своего адмирала Бинга для ободрения прочих; настоящее Зюйдерзее со своими желтыми валами; небо тает, дым разлетается, — чудо, а не картина! Этот кальян выменял, или, правду сказать, выманил, я у английского путешественника, — " он принадлежал шах-Аббасу. Эти часы, в виде петуха, достал я прямо из Кантона. Они подарены императором Юнтчаном Мудрым мандарину, которому он очень милостиво отрубил голову за возмущение, поднятое иезуитами... Это кинжал Типпо-Саиба, эта вилка от того самого ножа, которым убит Генрих IV, это... — Но, милостивые государи, у меня нет прекрасной дочери, для которой бы вы стали, подобно Виктору, слушать все описания игрушек, и редкостей, и сосудов, орудий домашних, а потом: почему это так, а не иначе, и вновь: почему иначе, а не так, как у прочих.

Через вседневную, потом праздничную спальни добрались, наконец, до торжественной, и она, как десерт, заключила пластический обзор. Госпожа Саарвайерзен с гордым видом показывала чужеземцу вышитые ею ковры, кружева, одеяло и наслаждалась изумлением его при виде брачной кровати, истинного памятника ее искусства, который, по ее мнению, передаст ее славу позднейшему потомству. Десять уступов подушек мал мала меньше восходили к бессмертию двумя пирамидами, и красный атлас проглядывал на них сквозь батистовые наволочки, словно заря. Кружевной полог спускался к ним навстречу, подобный туману, и стеганное хитрыми узорами голубое покрывало вздымалось морем.

Смертный, который бы дерзнул лечь на это божественное ложе, конечно бы, утонул в жарких волнах гагачьего пуха, и потому оно от незапамятных времен назначалось только покоить взоры.

Посвященный во все элевзинские таинства Саарвайерзенова дома, Виктор отдохнул за столом от скуки и усталости и, весело кончив вечер, заснул весьма доволен собою и судьбою.

ГЛАВА IV

Довольно я скитался в этом мире
Вдали моих отечественных звезд:
Я видел Рим — величия погост,
Британию в морской ее порфире,
Венецию, но Поцелуев мост —
Милее мне, чем Ponte de Sospiri.

[Известный в Венеции мост Вздохов близ площади св. Марка, соединяющий палаты дожа с темницами. (Примеч. автора.)]

Мерно и однообразно текла жизнь обитателей флаамгауза. Маятник счетом назначал долготу их занятия, их досугов, колокол неизменно звал к столу и к отдыху, даже к самому удовольствию. Хозяин почти беспрестанно был занят надзором за фабрикой или расчетами по выделке и торговле. Хозяйка же, хотя бы по своему состоянию, могла избавить себя от хлопот за мелочными потребностями домоводства, но домоводство была единственная страсть, коей была она доступна.

Мужчина — создан для внешности, для кочевья, женщина — творение домоседное; она призвана природой для украшения внутренней жизни, очаг — ее солнце. Вы бы не усомнились в этой истине, видя, как госпожа Саарвайерзен, подобно увесистой планете, кружилась около огня, заимствуя от него свет и румянец. Как философ-путешественник, возметающий стопами властительный прах Рима и внимающий голосу гробов, вещаниям истуканов, изувеченных веками, казалось, вслушивалась она в знакомый, хотя немой

93

язык разбитой, но склеенной посуды, на которой видны были печати всех периодов просвещения. Там чайник без носу, там безухая чашка напоминали ей урок Экклезиаста о суете мира, там несколько поколений разновидных рюмок живописали в лицах историю Нидерландов. Как романтик нашего времени, одержимый бесом бесконечности, бродит по горам и по долам, вызывает с Манфредом или Фаустом гениев стихий и разгадывает говор листьев, шум водопада, рев моря, — она пристально внимала ропоту кастрюль, шипению теста, и тайны варенья и печенья открывались пред ней в тишине и уединении. Наконец не так старательно слагает начальник какого-нибудь отделения бумагу, за которую ожидает креста, не так лепит дипломат из форменных фраз ноту в надежде быть кавалером посольства, не так рачительно выкрадывает модный стихотворец эпитет в нелепое стихотворение, которое назовет он поэмою, как внимательно готовила она вафли, и, правду сказать, изо всех упомянутых дел едва ли ее было не самое трудное и, без сомнения, гораздо полезнейшее для человечества. Что касается до изобретательности, она не уступала никакому Перкипсу, Дженкинсу и Допкинсу. Ее маринованные угри были удивлением всех хозяек за сорок миль в окружности; да, кроме того, она выдумала особый род яблочного пирожного, неизвестного дотоле в поваренных летописях, и назначала передать этот важный секрет своей дочери в день замужества, в приданое.

Итак, когда мать Жанни проводила большую часть времени в созерцании горшков, бисквитных щипцов, раков, роз и бабочек, напечатанных на формах для студней, когда отец ее являлся только домой, подобно карпам в пруде Марли, — по звону колокольчика, молодые люди были вместе, неразлучно. То Виктор, сидя подле пяльцев Жанни, читал ей какие-нибудь стихотворения, то Жанни поглядывала через плечо Виктора, когда он рисовал ей что-нибудь в альбом. В междудействиях, которые можно бы назвать настоящей завязкою драмы, он рассказывал ей о русской зиме с большим жаром, она слушала с большим вниманием, даже порой вскрикивала: "Ах, как бы мне желалось это увидеть!" — "А почему же нет?.." — возражал рассказчик, уставя на нее свои выразительные очи. Жанни обыкновенно со вздохом опускала тогда свои и принималась за работу... Я, право, не знаю, о чем она тогда мечтала.

Виктор был от природы весьма веселого нрава и, оживленный желанием нравиться, становился еще любезнее; шутки его могли бы заставить самого кота смеяться, но он еще был стоик в сравнении с резвостью Жанни. Воспитанная с младенчества во французском пансионе, она приобрела все милые качества француженок, не потеряв простосердечия своей родины, и уже блистала полной красотой молодости, сохранив всю прелесть младенчества. Виктор после шумной веселости впадал нередко в глубокую задумчивость и грусть, может быть сладчайшую самой радости, необходимую для сердца, чтобы вкусить минувшее блаженство и отдохнуть для будущего; но Жанни была игрива неизменно, чувство любви было еще для нее забавою, а не наслаждением. Виктор бесился на такое равнодушие, и его угрюмость была новым поводом к шуткам. Она, как муха, кружилась, порхала, колола нетерпеливого и скрывалась неуловима. Так прошла целая неделя ненастного времени.

Наконец погода разгулялась, и Жанни предложила ему посмотреть сад, устроенный в настоящем голландском вкусе: дорожки, отбитые по тесьме, лужайки, усыпанные разноцветным, блестящим песком в виде звезд, кругов, многоугольников, точь-в-точь блюдо винегрета, горки наподобие миндального пирога, деревья и кусты, обстриженные стенками, столбами, шарами, так что вы можете подумать, будто здесь природа сделана столяром. Мраморные герои, полубогини и полные боги — произведения фламандского резца, несмотря на тучность свою, сбирались, кажется, отдернуть казачка, и лев с важностью стоял над водоемом, ожидая воды, которая лишь капала с морды его, как будто он получил насморк. Нигде и ничего не было видно естественного: там возвышались жестяные цветы на решетке, ограждающей лабиринт величиною в две сажени, там сгибался мостик, по которому не прошли бы рядом две курицы, там сидели деревянные китайцы под зонтиками, скрываясь от летнего солнца в октябре, там охотник с невероятным терпением метил в утку, которая двадцать лет не слетала с озерка... Увидя на башенке оранжереи неподвижно стоящего аиста, Виктор спросил у своей путеводительницы:

— Не фарфоровый ли он?

Жанни засмеялась:

— Мы не язычники, господин Виктор, — возразила она, — и хотя у нас, как у египтян, эта птица в большом уважении, но мы еще не воздвигаем ей храмов, ни идолов.

— Жаль, очень жаль; ваш Гензиус, кажется, рожден быть великим жрецом этого долгоногого домашнего божества.

— А как нравится вам сад наш, господин критик?

— Чрезвычайно любопытен; это палата редкостей; жаль

только, что я не могу видеть его в полном блеске зелени и цветов.

— В этом вы можете утешиться; невелика жатва осени после ножниц нашего садовника, и сад этот имеет неоцененную выгоду быть летом, как зимой, неизменно скучным. Что касается до цветов, я покажу вам их царство, где цветут они, как ваши северные красавицы, в теплицах.

Жанни растворила двери оранжереи. Башенка, сквозь которую вошли они, занята была птичником: за светлою бронзового сеткою порхало множество мелких заморских птичек; иные клевали зерна, рассыпанные по полу, другие увивались около гнездышек. Любимые канарейки Жанни слетелись к ней, едва она простерла руку, садились на плечо, ели сахар из уст ее. Виктор любовался этой картиной.

— Это очень мило, — сказал он, — но я во всем вижу, что вы любите своих гостей превращать в пленников.

— Напротив, я из чужих пленников делаю гостей: выпустить этих бедняжек на волю, в нашем климате, значит погубить их безвременно.

— О, конечно, вы так добры, Жанни, так ласковы, что не только мирных канареек, но и смелого сокола заставите забыть свободу.

— Сокола, Виктор? Благодарю вас за него; теперь, слава богу, не мода носить дамам на руке этих хищных птиц, как видно на старинных картинках; я бы страшилась сокола и за себя и за маленьких питомцев моих!

— И страшились бы напрасно, Жанни: ручной сокол преучтивая птица; он бы доволен был конфетами и ласками вашими.

— Чтобы взвиться под облака и улететь?

— О нет! чтобы сидеть под кровлей вашей смирнее голубка!

— Вы чудесный рассказчик, Виктор! Вы скоро уверите меня, что у сокола и когти для красы; но оставим летучее племя для этих растущих мотыльков, которые к красоте воздушных детей весны присовокупляют благоухание и постоянство. Это любимое общество батюшки.

— Цветоводство — приятное занятие для преклонного возраста, как воспоминание прежних радостей, и полезный урок нам.

— О да, господин мудрец! Я сама бы любила цветы страстно, если б они не были так изменчивы и кратковременны. Надобно иметь или тысячу сердец, или одно очень хладнокровное, чтобы видеть их увядание и утешаться вновь и вновь.

— Цветы счастливее нас, Жанни: мы изменяемся и вянем, подобно им, но они не страдают, подобно нам!

— Стало быть, и не знают наших удовольствий! Я не завидую цветам. Вы, конечно, знаток в ботанике, Виктор?

— Только любитель, Жанни, только любитель; я не отличу лупинуса от цветного гороха и знаю лилию только по гербовнику. Ваши термины: bulbata, barbata, angusti-folia, grandiflora [Луковичные, усовидные, узколистные, крупноцветные (лат.)] — для меня арабская грамота.

— И вы, в святилище цветов, в доме известного цветослова, не краснея, хвалитесь этим?

— По крайней мере сознаюсь в своем невежестве, по не каюсь в нем. Я, как соловей персидских поэтов, обожаю розу, одну белую розу, и в этом отношении могу поспорить с первейшими ботаниками, которые слышат даже, как растет трава, что не ошибусь в выборе прелестнейшей.

— Это не очень мудрое предпочтение, господин мудрец, и вам, чтобы хоть сколько-нибудь сохранить уважение батюшки, надо поучиться толковать с ним о листках, и лепестках, и венчиках, и пестиках всех редких цветов без лицеприятия.

— Ваш совет для меня закон, Жанни; я готов охотно не только прилепиться к цветку, подобно пчеле, но прирасти к земле, как цветок, если вы сами посвятите меня в рыцари теплицы. От кого лучше, как не от самой Флоры, могу я научиться изъяснять свои мысли о цветах, а может быть и свои чувства цветами! Не начать ли с сего дня благоуханных уроков, Жанни?

— Чем скорее, тем лучше. Вот этот цветок, например, называется малайская астра.

— То есть звезда, — тихо повторил Виктор, заглядывая в очи своей учительнице, — я знаю две звезды, которых краше не найти в целом небосклоне; к ним и по ним правил бы я всегда бег свой над бездной океана.

— Ах, оставьте, пожалуйста, в покое ваш океан и удостойте сойти с неба...

— Ничего нет легче этого, Жанни, когда небо удостоивает сходить на землю.

— Зато ничего нет труднее, как понимать вашу поэзию! Вот родня вашей любимицы — rose musquee; [Мускусная роза (фр.)] вот махровая роза; вот тюброза.

— Прелестные цветки! Им недостает только шипов, чтобы поспорить с настоящей розой.

— В самом деле так? Я замечу это в своем травнике, Виктор... Вот китайский огонь.

— Который имеет зажигающее свойство только в ваших руках, — не правда ли?

— Вот мандрагора, про которую индийцы рассказывают, будто она кричит, когда ее срывают со стебля.

— И, верно, кричит: "не тронь меня"?

— Я не решалась никогда оскорблять ее чувствительности; теперь берегитесь, чтоб не заснуть: вот все племена маков; из них свит венец Морфея, и льется опиум в испарениях!

— Не страшусь нисколько их усыпительного влияния, находясь так близко к противоядию. Я говорю по опыту, Жанни: обыкновенное приветствие ваше: "доброй ночи, Виктор" вместо доброй ночи дает мне злую бессонницу.

— Бедненький, Виктор! Теперь я знаю, отчего он бредит иногда наяву! Но на чем мы остановились? На гарлемском жонкиле, на капском ранункуле, на писаном тюльпане? И то нет! Ваша рассеянность прилипчива, господин ученик; но вот кактус, который цветет однажды в год, и то ночью. Надобно несколько зорь сряду стоять на часах, чтобы иметь наслаждение увидеть пышный белый цвет его с оранжевыми окраинами; и вообразите, только два часа красуется он и потом опадает мгновенно.

— Хоть два часа, но он цветет, он манит взоры, он радует сердце прекрасных. Я бы готов был годами жизни купить подобное счастье!

Виктор пламенно глядел на Жанни, Жанни безмолвно смотрела на Виктора.

— Как здесь жарко! — сказала она, отбрасывая от лица воротник голубых песцов, и задумчиво взялась за дверную ручку. — Повторим первый урок и посмотрим, что заслужит ученик мой: место ли в углу или позволение бегать по двору? Например, скажите мне имя этого цветка? — примолвила она, сорвав тюб-розу.

— Не знаю, — отвечал Виктор, не сводя очей с очей Жанни.

— Но что ж вы знаете, боже мой?! — вскричала она.

— Любить, любить пламенно, — возразил с жаром Виктор, схватив нежную ручку ее.

— А что значит любить? — спросила она с простосердечием.

А что значит любить? — повторяю сам я, обращаясь к читателям... И вопрос этот, право, не так глуп, как он кажется сначала. Я много читал в книгах, еще больше слышал мнений людских об этом предмете, и ни одного согласного. Один говорит, что любить значит желать, другой, что любить — отказываться от природы; тот уверяет, что нет любви без денег, другой, что нет ее для богачей. Лишь Сократ сказал философическую истину, назвав любовь стремлением к возрождению посредством красоты, но это определение страсти — не описание ее действий, не характеристика ее феноменов; и что вы ни говорите, а, кажется, я останусь при своем вопросе.

Не дивитесь же, милостивые государи, что этот простой вопрос ужасно смутил неопытного любовника; он вовсе не был приготовлен разменивать свои чувства на мысли и мысли на выражения. Нить его идей прервалась, бодрость на дальнейшее объяснение его оставила; он произнес несколько неясных звуков, потупил очи на цветок, который Жанни держала еще в руке, и, желая найти точку опоры, сказал:

— Это колокольчик?

Должно полагать, у него крепко звенело в ушах, когда он назвал тюб-розу колокольчиком. Жанни не могла удержаться от смеха.

— Нет, Виктор, нет, вы отчаянный ученик, — в вашей памяти, как в снегу, не расти цветам.

— Лишь бы мне не были чужды цветочные венки, прекрасная Жанни! Менее ль прелестна райская птичка оттого, что мы не знаем ее родины? Менее ль благовонна роза, если назовут ее другим именем?

— По крайней мере не менее забавно. Заметьте, Виктор, листки этой тюб-розы; колокольчики не распускаются так широко; пестики их гораздо ниже и пушистее; притом образование самого цветка...

Жанни толковала очень подробно. Виктор, казалось, слушал очень прилежно и, чтобы лучше рассмотреть цветок, поднес к самым глазам руку Жанни, на которой лежал он.

Виктор, изволите видеть, был немножко близорук. Между тем длинные локоны ее касались лицу ученика, а волосы, как вам известно, есть самый сильный возбудитель электричества. Оттого прекрасному полу так нравятся гусарские усики, от того же самого и Виктор почувствовал на сердце прикосновение к своему челу кудрей красавицы... Невольно он поднял очи: перед ним дышали вешнею свежестью румяные щечки и благоухающие губки распускались как заря. Это было выше сил его. Он прильнул своими устами к устам искусительным, и вздох изумления исчез в жарком поцелуе!

Видали ль вы когда-нибудь две ясные капли росы рядом на листе винограда? Они долго дрожат, потрясаемы дуновением ветерка, и вдруг, как будто одушевясь, сливаются воедино и крупной слезой ниспадают, сверкая. Так точно слились устами наши любовники, забывая весь мир в упоенье восторга. Поцелуй — сладостное чувство, милостивые государи! Новейшие физиологи недаром назвали его шестым чувством, изящнейшим, нежели все прочие, и природа не без цели одарила одного человека таким нежным орудием оного — устами с чрезвычайно тонкою оболочкою. Всегда приятен вольный поцелуй, но что может сравниться с первым, девственным поцелуем любви? Соберите золото, власть, славу, даже самое обладание — все, все, что люди привыкли называть счастьем, и если вы испытали все это, сознайтесь, что оно не в состоянии дать вам радости, чистейшей сих невозвратимых мгновений.

Эти мгновения миновали для Виктора. Жанни с сердитым видом вырвалась из его объятий.

— Я никогда не ожидала от вас этого, господин Виктор, — произнесла она голосом обиженной гордости и, как серна, прыгнула за дверь теплицы. ;

Изумленный любовник остался на месте с распростертыми руками... Если б граната лопнула в его кармане, он бы менее был испуган, чем такою нежданною строгостью.

ГЛАВА V

Les femmes ont l'humeur legere,
La notre doit s'y conformer;
Si c'est un bonheur de leur plaire,
C'est un malheur de les aimer.

Parny

[*Женщины легкомысленны, и мы должны им в том потакать; если нравиться им — счастье, то любить их — несчастье. Парни (Фр)*]

Виктор протирал глаза, не веря сам себе. "За что ей рассердиться? — думал он. — Кажется, она была неравнодушна ко мне, благосклонно слушала мои вздоры и, если меня не обмануло зрение или самолюбие, очень понятно отвечала на пылкие взгляды. Конечно, поцелуй был нежданный, но не похищенный силою, и, сколько могу припомнить, ее губки не убегали от моих. Теперь или рацее обманулся я?"

Волнуем сомнениями и страхом, что заслужил гнев своей любезной, Виктор как подсудимый явился в столовую; но он напрасно умоляющими взорами ловил взоры Жанни: она, как ртуть, убегала от встречи. Злая девушка с гордой холодностью и с видом обиженного достоинства уклонялась от разговоров, и когда виновный бемольным тоном обращал к ней вопрос, то односложные да или нет, словно иголки, входили ему в сердце.

В первый раз заметил он, что Гензиус несносен со своими расспросами: как ведется в России гроссбух? разделяют или соединяют в одну тетрадь credet и debet? [Кредит и дебет (лат.)] венецианскую или амстердамскую методу предпочитают для счетов и красными ли цифрами вписывают транспорт? — у человека, который не знал иного транспорта, кроме срывающего четыре куша с банкомета. Заметил, что шутки хозяина длиннее двух аршин с четвертью и что страх утомительны рассуждения хозяйки о разнице, существующей между предохранением, охранением и сохранением пикулей, об упадке просвещения, что ясно доказывается введением сапогов вместо башмаков с тонкими подошвами, и, наконец, о размножении моли, верного предвестника близкого преставления света.

Между тем Жанни оставалась неизменно равнодушной, и тем сильнее кипел Виктор. Раздраженный таким упорством, он, наконец, убежал в свою комнату, с твердым намерением не выходить из нее ни к чаю, ни к ужину.

— Это ни на что не похоже, — говорил он сам с собою, отмеривая саженные шаги по паркету, — так молода и так упряма! Что я говорю — упряма? Так причудлива, так зла! Хорошо, что она выказала себя сначала, а то, чего доброго, пожалуй, влюбился бы в нее по уши, которые не стали бы оттого короче!

Тут он вздохнул, вспомня, какое маленькое у нее ушко; от ушка далее и далее; наконец он сел, как будто желая рассмотреть образ, носящийся перед его глазами.

— Да, да, это правда — она хороша, слова нет, что хороша, — приговаривал он, будто нехотя, — сложена — чудо! Умна, как день, но зато уж зла, как медяница, как змея с погремушками... Я поздравляю себя, что разлюбил ее, что равнодушен; нет, мало равнодушия, что ненавижу ее. Слуга покорный, мамзель Жанни, — вы можете пленять теперь на свободе эту двуногую треску — Гензиуса, я, право, сам умею платить леденцами за леденцы.

Урочный час пробил, и откормленный слуга явился в дверях.

— Самовар подан! — возгласил он однозвучно. Виктор глядел на него, расширив глаза, как будто слуга, произнес что-то на санскритском наречии.

— Пожалуйте кушать чаю! — сказал вестник.

— Кушать чаю? — повторил Виктор умильным голосом. , — Сейчас иду, друг мой! Иду, но для того, чтобы показать спесивице, что значит оскорбленная любовь! — присовокупил он, оправдываясь перед собою.

С небрежным видом вошел Виктор в гостиную и, вместо того чтоб сесть по-прежнему подле Жанни, рассыпаясь жемчугом в иносказательных приветствиях, подсел к старику, хозяину, и пустился шутить с ним наперегонки. Но Жанни, которая прежде всех, бывало, показывала зубки, когда он выказывал остроумие или рассказывал

что-нибудь смешное, теперь не удостоивала его шуток даже улыбкою, заводила незначащий разговор с матерью и, будто назло ему, все делала наоборот. Обыкновенно, в первой степени любовного масонства, ученики стараются узнать и угадать все вкусы, все прихоти, все причуды милой особы и таким нежным вниманием, такими маленькими услугами пробивать тропинку до ее сердца. Подобный размен предупредительности уже существовал между нашими любовниками, и они оба могли перечесть по пальцам, что каждый из них любит или не любит особенно; ни одна безделица, которую только глаз любви может заметить, только сердце любви оценить, не предлагалась без взаимной придачи улыбки или слова. Напротив, теперь Шанни будто вовсе забыла привычки Виктора. Чай, вопреки его вкусу, был сладок, как варенье; ему предлагали сливок, хотя он никогда не употреблял их, и, что всего обиднее, не дослушав его речей, Жанни обращалась к другим с пустыми вопросами. Виктор выходил из себя, стараясь казаться хладнокровным. Жанни казалась ему чудовищем, но чудовищем, самым милым в свете; он готов был тогда разбраниться с нею навек и расцеловать в пух. Беда, когда западет в ретивое страсть, которой мы не в силах ни бежать, ни победить!

Я, право, не знаю, что важнее для любовников: первая ли благосклонность или первая ссора? Беда вдвое, когда они приходят вдруг, подобно радуге в бурном дожде.

Виктор возвратился от ужина разогорчен и отчаян, видя свою покорность отвергнутой с равнодушием и свою гордость униженной перед невниманьем.

— О женщины, женщины! — восклицал он. — Существо бессердечное, легкомысленное, коварное, неблагодарное!

Он не первый и не последний вымещал на целой половине рода человеческого досаду на одну девушку. В любовных и в политических упреках обе стороны бывают обыкновенно чрезвычайно справедливы: старое и новое, небывалое и былое — все смешано вместе, все обрывается на голову обвиняемого; каждый умильный взгляд, каждый поклон ставится ему в благодеяние, то есть в обвинение за неблагодарность.

Злая филиппика Викторова кончилась тем, что он решился писать к жестокой.

Начинать переписку побранкой — довольно щекотливая вещь; она казалась, однако ж, самою естественною и всего более справедливою для неопытного моряка. Забавно было видеть, как он грыз перо и разрывал листы за листами, то находя выражения свои чересчур жесткими, то некстати нежными. Не раз вскакивал он и отворял окно, будто ожидая прилива красноречия от полнолуния, или с жадностью затягивался трубкою, высасывая из нее вдохновение с дымом. Пламенные нелепости текли струей на бумагу и, подобно ракете, рассыпались звездами слов. Чего там не было! И обольстительные упреки, и нежные угрозы, и клятвы, и обеты — словом, все выходки сердечного безумия, все грезы любовной горячки, все, кроме того, что хотел сказать он, и того менее, что должен был говорить. Изъяснение это было вкратце, — и на третьем листе он дописывал начало, как вдруг ему показалось, будто буквы растут, растут перед пером его, что они, свившись хвостами и усами, начинают извиваться и прыгать, как змеи. Изумленный таким явлением, Виктор снял со свечи, протер отяжелевшие глаза, — не тут-то было! Дети азбуки не унимались: строчки бегали вкось и вдоль и словно дрались между собою, запятые и многоточия (вещь необходимая в любовном письме, как дробь в охотничьем заряде) летели со стороны на сторону, целые фразы кружились, смешивались, перескакивали бог весть куда, до того, что у Виктора зарябило в глазах. Неодолимый зевок, как очарованием, разверз его челюсти, и голова тихо, тихо скатилась на неоконченное письмо.

В младенчестве слышал я сказку о добром молодце, который, украв у соседа петуха, набрел, пробираясь через кладбище, на толпу мертвецов. Забавники того света, покинув могилы, чтоб погреть свои кости на месяце, играли, перекидывая своими головами как мячом; гробовые одежды лежали рассеяны. Испуганный вор, зная, что оборотни так же боятся пения петуха, как мы стихов Котова, так давнул несчастного вестника зари, что он закричал кокареку благим матом. Смутились пляски покойников; каждый, надевая голову, какую послал ему случай, и одежду, какая попалась под руку, швырком и кувырком кидался в могилу. Наутро любопытные нашли весь гробовой мир вверх дном: известный красавец лежал с беззубою головой старухи, у старика профессора философии накинута была набекрень детская головка, отставной солдат с деревянного ногою лежал в душегрейке, а кирасирские ботфорты красовались на маленькой ножке танцовщицы.

Проснувшись на заре, точно в таком же беспорядке нашел письмо свое Виктор. Напрасно перечитывал он его сверху вниз и снизу вверх, добиваясь толку; напрасно искал он, что ему хотелось вчерась выразить, — это было настоящее вавилонское смешение языков.

— Или я сегодня умнее вчерашнего, — сказал он наконец, раздирая в куски послание, — или вчерась был так мудрен, что сегодня себя не понимаю. Что бы подумала обо мне Жанни, если бы я грянул в нее такою нескладицею?

Совершив autodafe [Сожжение (фр)] над лоскутками, Виктор вышел в сад подышать свежим воздухом и собраться с мыслями на новое объяснение. Окрестный вид был истинно фламандской школы: небо, подернутое байкою туманов, обстриженные дерева осыпаны пудрой инея; вдали фабрика, у которой длинные трубы торчали как ослиные уши, и даже аист на башенке оранжереи — все напоминало картины Вувермана. Сам не зная как, очутился он у дверей теплицы; сердце вечно влечет нас туда, где вкусило оно наслаждение, как в родину своего счастья. Из нее выходил садовник с лейкою в руке и с трубкою в зубах.

— Там никого нет? — спросил Виктор, желая сказать что-нибудь голландцу.

— O neen, myn herr [О нет, сударь (голл.)], — отвечал тот, подвигая на сторону колпак свой, — как никого нет? Там премножество птиц и цветов.

— Утиная шутливость, друг мой! — возразил Виктор, захлопнув за собой двери.

— Soo, soo! [Так, так! (голл.)] — произнес голландец, пыхнув очень значительно дымом и качая головою;

104

дальнейших объяснений думы его надобно было бы ожидать, как поздней капусты. Он удалился, улыбаясь лукаво.

Печально поглядел Виктор на милующихся канареек, быстро пробежал стопами и взорами цветники и ряды редких плодоносных и душистых дерев; он заметил, как склоняли цветы друг к другу вспрыснутые головки свои, будто желая поделиться освежающею влагою. Пусть кто хочет говорит, что любовь есть безумие, — по-моему, в ней таится искра высокой премудрости. В ней мы испытываем по чувству то, к чему приводит нас впоследствии философия по убеждению. Каким благородным доверием, какою чистою добротою бываем мы тогда переполнены: в каждом человеке находим тогда друга, в милом цветке, в тихом кустарнике — родного; мы считаем людей и верим себя самих лучшими, и точно были бы таковыми, если б это умиление, творящее около нас новый мир и украшающее старый, было прочнее, постояннее. Разница только в том, что философия исторгает человека из общей жизни и, как победителя, возвышает над природою; а любовь, побеждая его частную свободу, сливает его с природою, которую он, одушевляя, возвышает до себя. Сладостны созерцания и мудреца и любовника, хотя ощущения последнего живее, а понятия первого явственнее. Любовник, кажется, внемлет сердцем биению жизни во всем творении, гармонии блага — во всем творимом. Пред умственными взорами другого рассветают мрачные бездны, развивается свиток судьбы миров и народов. Только это двоякое созерцание дает человеку вполне насладиться своим совершенством, то в самозабвении, то в забвении всех зол, его окружающих. В это время он поглощает минувшие, настоящие и будущие наслаждения, слиянные в тихом восторге!

Полон подобными чувствами, если не подобными мыслями, стоял мечтатель Виктор перед кустом тюб-роз, свидетелем его счастья и горя. Душа его плавала, как индийская пери, в испарениях цветов, забыв досаду и надежду, довольная собственной любовью, одною любовью, — чувство, непонятное многим, но тем не меньше сладкое для немногих. Вдруг, вовсе неожиданно, он был исторгнут из своей задумчивости свежим, звонким поцелуем, и громкий смех, за ним последовавший, заставил его вздрогнуть, хотя вовсе не от испуга; смех этот, в свою очередь, заглушён был звуком поцелуев Викторовых, которыми осыпал он резвую Жанни, ибо это была, конечно, она.

— Полно, полноте, Виктор! — кричала красавица, заслоняя уста ручками, которые отнимала опять, чтобы скрыть от лобзаний. — Я, право, опять рассержусь на вас; я возвратила вам только ваш злой поцелуй: я не хотела принимать подарков от таких дерзких людей.

Виктор остановился.

— Очень хорошо, Жанни; когда дело пошло на расчеты, возвратите мне сполна полученные теперь, и я доволен.

— Да вы несноснее нашего бухгалтера, Виктор! Легко сказать — счетом; а кто бы успел считать их? — возразила Жанни, и между тем щеки ее пылали прелестным румянцем, глаза яснели невинною веселостью. Вся она была так простосердечно игрива, — Виктор растаял.

О прежней ссоре не было и помину. Он тихо обвил руку около стройного ее стана и неприметно привлек к себе очарованную очаровательницу; но она будто убегала от милых уст, уста ее преследующих, так, что Виктор срывал поцелуи, как розы за розою.

— Мы перечтем снова, — произнес он, и между всяким словом было тире из звуков, которых по сию пору никто не вздумал изобразить каким-нибудь иероглифом.

В проверку счета вкрадывались ошибки, и поверка начиналась снова и снова. Я уверен, что это была первая арифметическая задача, доставившая столько удовольствия ученикам. Итоги не были еще подведены, а уже они дружески говорили ты друг другу. Никто из них не помнил, когда и кем было произнесено это слово..

— Я хотела помучить тебя, Виктор, — говорила Жанни, расправляя розовыми перстиками волосы на голове его, — но, признаться, мне дорого стоило притворство, и я целую ночь упрекала себя. Пришедши сюда полить цветы мои, я долго любовалась тобою, — примолвила она, скрывая горящее лицо на груди счастливца, — и, наконец, не выдержала, чтоб не поцеловать тебя. За что, скажи, я так люблю тебя, причудливый, злой Виктор!

— За что я обожаю тебя, коварная девушка!

— Не сердись вперед, Виктор, — ты так страшен в гневе; мне становится холодно в сердце, когда я о том вспомню.

— Не играй вперед любовью, милая Жанни! Кто так хорошо умеет притворяться равнодушным, тому недалеко до настоящего бесстрастия, — по крайней мере мысль, что ты так же легко можешь лицемерствовать в нежности, как в холодности, меня убивает!

— О нет, друг мой, — отвечала она простодушно, — я уже привыкла быть равнодушною, а люблю впервые.

— И впоследние, Жанни?

106

— Однажды и навсегда, Виктор!

— Я твой до гроба! Любить тебя, Жанни, буду я и в самой вечности!

В этот раз Жанни уже не думала спрашивать, что значит любить. И Виктор не пошел бы в карман за словом, если б она о том спросила.

Удивительно, какие быстрые успехи делает в этой науке сердце человеческое в самое короткое время! Один разве животно-магнетический сон, который учит по-латыни и по-гречески в одну засыпку, может поспорить с платоническою методою. Вчерашние новички становятся вдруг такими стратегиками в любовной войне, что, пожалуй, научат учителей.

Любовники наши расстались, осыпая друг друга уверениями; они поспешили в свои комнаты, чтобы наедине с собою, каплей по капле вкусить свое блаженство.

ГЛАВА VI

"Я, Душенька, люблю Амура!"
Потом заплакала как дура;
Потом, не говоря двух слов,
Заплакал с нею рыболов,
И с ним взрыдала вся натура.

Богданович

Каждый день с рассветом являлся Виктор в оранжерею, да и прелестная голландочка не опаздывала приходить туда кормить своих канареек, лелеять свои цветы заморские. Само собой разумеется, что не забывала и милого моряка, который стал ей теперь дороже всех птичек и всех тюльпанов вместе. О чем водились у них речи, того не дошло до моего сведения. Крылатому племени всегда не до чужих песен, цветы молчаливы с природы, а от флегмы садовника можно было услышать только soo, soo, сопровождаемые весьма значительными и вовсе непонятными пуфами табачного дыма. Полагать должно, они не скучали, и хотя словарь счастливых очень ограничен, — но они не могли наговориться об одном и том же и всякий раз имели что-нибудь прибавить ко вчерашнему.

Живучи в таком элизиуме, наш лейтенант вовсе позабыл о море и флоте, о своих и неприятелях, и сколь на горячий патриот был он, но редко вспадала ему на ум горькая мысль, что французы идут в сердце отечества. "Нет, Русь не падет! — восклицал он, пылая. — Наполеон поскользнется в крови нашей!" — и успокаивался, и утешал себя верою, что все это скоро кончится, и оправдывал себя вопросом; что могу я сделать? Любовь обезмолвила, наконец, все прочие чувства; завтра для него не существовало; он сам не жил в самом себе, — он будто променялся душою с милою.

Однако ж этот промен был невыгоден для Жанни, и она узнала сладость грусти, рассеянность завладела и ею. Домашний порядок, доселе верный как часы, совсем потерял черед под ее надзором. Однажды в пяльцах вместо какого-то узора она вышила целую строчку литер W по зубчикам косынки. В расходной тетради, вместо итога, явилась чья-то мужская голова — Юлия Цезаря, по ее сказкам матери. В часы, назначенные поварне, ей хотелось танцевать, в часы уроков на арфе — молиться. То забывала она ключи в ящике, то вместо сладкого миндалю насыпала для пирожного горького, то оставляла стул посреди комнаты — вещь, которая для матери ее была страшнее планеты, грозящей стоптать землю. Наконец уж и сам отец заметил, что дочь не в своем уме, когда она налила ему кофе без сахару и в задумчивости сорвала какой-то чудесный тюльпан, что искони считалось смертным грехом в доме его.

— Два аршина с четвертью! — вскричал он, отворив большие глаза. — Это что-нибудь да значит!

Между тем, однако ж, как Амур готовил суматоху в семье Саарвайерзена, судьба сбиралась изломать его стрелы.

Уже миновало две недели пребывания Виктора, и он, притаясь, не думал напоминать об отправлении; а старик, чрезвычайно довольный его обществом, казалось, совсем забыл, что Виктор не домашний. Даже добрая хозяйка привыкла к нему, по собственному ее признанию, будто к старому ореховому комоду, который отдан был за нею в приданое. Притом, поздняя осень делала затруднительным, если не вовсе невозможным, плавание по бурному прибережью Зюйдерзее, а дурная погода избавляла от гостей, которые бы могли подозревать или угадать что-нибудь в странствующем приказчике, на которого, правду сказать, он нисколько не походил с головы до пог и с речей до поступков. Словом, все обнадеживало нашего моряка, что он долго просидит на мели, а там, а там... доживем — увидим, случится — так подумаем! И между тем часы летели, и сердце отживало годы счастия.

Утром первого ноября, светел как майский мотылек, порхнул Виктор в теплицу и нашел там Жанни в горьких слезах. Долго не отвечала она нежным вопросам его, и отзывом на них были только новые слезы, новые стенания.

— Минули мои радости, — наконец произнесла она, — Виктор меня покидает!

— Какие черные мысли, милая Жанни, — скорее замерзнет пламень, чем я изменю тебе!

— Ах! зачем ты не изменишь мне? Тогда по крайней мере я бы в гневе и в презрении нашла отраду разлуке! Менее ли я несчастна теперь, теряя тебя невинного!

— Не огорчайся, милая, будущим горем, оно далеко, еще все может перемениться к лучшему!

— Не верю я, не хочу я верить ничему лучшему, когда все, что казалось таким, меня обмануло. Зачем я полюбила тебя, Виктор!..

— Я не понимаю тебя, милая!

— Я бы рада была, чтобы ты не слышал и не понял никогда вести разлуки, если б это могло удержать тебя со мною.

— Возможно ли: мне готовят отправление?

— Оно уже решено. Батюшка сегодня поутру нанял рыбаков на большом боте, чтобы тайно провезти тебя на эскадру; завтра ночью ты отправляешься!

Безмолвен и бледен стоял Виктор перед плачущею любезною; наконец вспомнил, что он, как мужчина, должен утешать ее; но Жанни, которую горесть сделала причудливою, с сердцем отвергла его изношенное красноречие.

— Не огорчай меня, Виктор, своими утешениями, я не хочу и не могу быть покойна; с тобой вместе ладья показалась бы мне люлькою, но, воображая тебя на ней одного, я всякий час буду страшиться потопления... И потом, ты уедешь в Англию, в свою милую Россию, забудешь меня, изменишь мне, почему я знаю, может быть станешь смеяться над простотой Жанни, когда Жанни будет плакать, горько плакать!..

Рыдания прервали слова ее.

Виктор не мог удержаться, чтоб не выронить пары две заветных слезинок, однако ж, лаская и уговаривая, уговаривая и лаская, ему удалось понемногу успокоить Жанни.

— Я откроюсь твоему родителю, — говорил он, — и буду просить руки твоей; я не вижу причин отказа и потом невозможности возвратиться к тебе: война ведь не вечна, как любовь наша. Притом еще два дня могут принести много перемен!.. — Жанни поглядела исподлобья, как будто в нерешимости, утешиться ей или нет; наконец улыбка проглянула на милом лице ее, словно луч солнца сквозь вешний дождь; юность так охотно вверяется надежде и сама спешит навстречу обмана.

Уже все собрались к обеду.

Хозяин, заложив руки в карманы, преважно рассказывал Виктору о новом изобретении цилиндрических ножниц для стригальной машины. Гензиус, глядя на картину, изображающую столовые припасы, наигрывал носом песню нетерпения. Жанни, грустно подняв брови и склоня голову на плечо, украдкой поглядывала на лейтенанта, и уже хозяйка вошла в комнату с рдеющими от огня ланитами и с вестью об обеде в устах, как вдруг Саарвайерзен, взглянув на термометр за окошко, вскричал:

— Так и есть, вот болтун Монтань к нам тащится.

— Капитан Монтань! — вскричала испуганным голосом хозяйка.

— Это настоящее божеское посещение, — сказал Саарвайерзен.

— Разоренье, да и только, — сказала госпожа Саарвайерзен.

— Он для меня несноснее барабана, — сказал первый, — Он для меня страшнее моли, — сказала вторая.

— Он переломает мои тюльпаны и оборвет цветки с лимонных дерев для настойки, — сказал хозяин.

— Передвигает с места всех мандаринов и перервет мои ковры своими варварскими каблучищами, — сказала хозяйка, брянча, однако, связкою ключей.

Делать было нечего; живучи за городом, теряют право отказывать скучным людям, и несовместно с добротой, не только с учтивостью, отказать приезжему из-за пятнадцати миль. Приятель-неприятель уже всходил на лестницу, и гостеприимное прошу пожаловать встретило его у порога, между тем как он напевал еще песню:

Les Francais ont pour la danse
Un irresistible attrait;
Et de tout mettre en cadence
Ils ont, dit-on, le secret;
Je le crois,
Quand je vois,
Ces grands conquerants du monde

Faire danser a la ronde
Et les peuples et les rois!

[Французов непреодолимо тянет к танцам; говорят, они владеют секретом все обращать в такт; я верю этому, когда вижу, как эти великие завоеватели мира заставляют и народы и королей кружиться в хороводе! (фр.)]

Двери отворились, и капитан garde-cote [Береговая стража (фр.)] Монтань-Люссак влетел на цыпочках в комнату. Он был человечек лет тридцати пяти от роду и вершков тридцати пяти от полу, с кроликовыми глазами, с совиным носом и с настоящею французскою самоуверенностью. На нем был синий мундир с одним эполетом, и он подпирался шпажкою, которая, вместе с тонкими козьими ножками, делала его весьма похожим на треногую астролябию.

— Ma foi [Честное слово (фр.)], — сказал он, раскланиваясь с видом благосклонности, — недаром говорят, что в рай претрудная дорога. Ваш фламгауз, mon bon monsieur Sarvesan [Добрейший господин Сарвезан (фр.)], — настоящий рай Магометов, потому что одна mademoiselle [Мадемуазель (фр)] Жанни стоит всех гурий вместе, — и с этим словом он так махнул мокрою шляпою, что брызги полетели кругом.

— Вы так любезны, капитан, — отвечала Жанни с лукавой улыбкой, вытирая платком платье, — что нет средств сухо принять ваши приветствия!

— Вы божественно снисходительны, мадемуазель Жанни, — возразил, охорашиваясь, француз, вовсе не замечая насмешки, — и я принес жертву вашей божественности — премиленький рисунок воротничка, — в нем вы покажетесь, как персик между листьями. А вам, madame Surver-sant, — сказал он, обращаясь к хозяйке, — выписал я рецепт, как сохранять в розовом варенье природный его цвет.

— Лучше бы научили вы средству сохранять ковры от мокроты, — отвечала она, с ужасом глядя на струю дождя, текущую со шляпы героя.

— Капитан — неизменный угодник дамский, — молвил хозяин, трепля его по плечу, — у него в кармане всегда найдется про них какая-нибудь игрушка и в голове запасный комплимент!

— Par la sainte barbe (клянусь пороховою каморою), — возразил капитан, вытягивая свой туго накрахмаленный воротник, — мое сердце готово всегда упасть к ногам прекрасных, а шпага — встретить неприятеля!

— Славно сказано, капитан, — только, видно, у вас сердце некрепко привязано, когда вы можете выкидывать его, как червонный туз; ну, а, кстати, о шпаге: много ли ей было работы пронзать и щупать тюки с запретными товарами?

— Я задавлен делами, vrai dieu [Истинный бог (Фр.)], задавлен! — отвечал французик, зачесывая на обнаженный лоб скудные волосы.(tm) Ваши соотечественники, вместо благодарности нашему доброму императору за то, что он не столкнул Голландию в море, беспрестанно заводят по всем шинкам заговоры, а забияки русские и англичане того и жди, что нагрянут на берег! Знаете ли вы, что они затеяли тайную высадку, чтоб захватить крепость и порт, — безделица! К счастью, сударь, я своею проницательностью уничтожил их замыслы и спас город: злодеи были захвачены, — и в чем, как вы думаете? В ромовых бочонках, сударь, в ромовых бочонках!

— Вам должно воздвигнуть статую во весь рост на бочонке вместо подножия, — сказал, улыбаясь, хозяин.

— Этого мало, герр Sans-fer, Sans-ver-Sarrasin, извините, пожалуйте, я не в ладу с голландскими именами, — вообразите себе, что эти вандалы, англичане, эти враги человечества, то есть французов, собрались нас зажарить заживо, вместе с домами и кораблями, открыли в Лондоне подписку, наняли контрабандистов, чтоб ввести потихоньку зажигательные вещества в курительном табаке, в свечах, в колбасах, в копченых рыбах, даже в помадных банках, сударыня, даже в помадных банках; все каблуки французских генералов начинены были порохом: злодеи хотели поднять на воздух каждого из нас поодиночке...

— И вы опять открыли их?

— Mais cela va sans dire (это и без слов разумеется), под крыльями французского орла и до тех пор, покуда я охранитель берегов здешних, вы можете спать как за каменного стеною.

— Не угодно ли же гению-хранителю отведать нашего обеда? — сказал хозяин, наскучив его болтаньем, — суп и железо надо обрабатывать, покуда они горячи!

Таможенный храбрец жеманно подал свой локоть хозяйке, Виктор — дочери, а сухощавый Гензиус и шаровидный хозяин, как постный сочельник и сытное рождество, замкнули шествие.

Я думаю, известно всем и каждому, что бог отдал французам майорат любезности с дамами, по крайней мере Монтань-Люссак нисколько не сомневался, что он урожденный остроумец и непобедимый человек в искусстве нравиться. Правда, что переслащенные комплименты его подернулись уже мохом со времен Франциска I, но зато он отпускал их Жанни самым новым, хотя весьма смешным образом. Обо всем другом рубил он сплеча, не краснея, и между тем не забывал ни стакана, ни тарелки. Изгоняемая из желудка и головы его пустота разрешалась безмерным хвастовством.

— А каков наш маленький капрал? Soit dit sans vous deplaire (не во гнев вам будь сказано), — сказал он, качаясь на стуле. — С каждой почтою присылает он к нам ключи какой-нибудь столицы; нас ожидают уже в Петербурге, и тамошние дамы заказали тридцать тысяч пар башмаков для встречного бала! Что это за прелестная земля Московия, когда б вы знали! Рай, а не край.

— Вы разве были там? — спросил Виктор.

— Я не был, mais c'est egel: [Но это все равно (фр.)] мой брат сбирался туда ехать. Представьте себе, что там падает осенью град в гусиное яйцо, из которого пекут превкусные хлебы; соболи водятся там в домах, как у нас мыши, а всего забавнее, что для верховой езды в горах употребляют лошадок, называемых коньяк, которые не больше собаки.

— Я думаю, однако ж, что храбрые ваши одноземцы немного найдут прелести и поживы в краю, нарочно опустошенном, — сказал Белозор.

— Bagatelle (сущая безделица), — возразил капитан. — Что значит русские морозишки для испытанных гренадеров, которые кушали мороженое, приготовленное во льдах Альпов, и на штыках жарили крокодилово мясо на солнце Египта. Allons chantez-moi ca [Ну, рассказывайте (фр.)], я сам стоял на биваках в пирамиде Вестриса.

— Может быть, Сезостриса, хотите вы сказать, — заметила Жанни.

— Vous y etes, mademoiselle (вы угадали), но это все равно, дело в том, что Московия не чета Египту; пройти ее вдоль и поперек нам так же легко, как сложить песню.

— Трудно только выйти, — сказал с насмешкою Виктор.

— А, а! господин любит пошучивать, но от этого нашим не хуже: за ними ведут огромные стада мериносов.

— Уж не хочет ли Наполеон заводить там суконные фабрики? — спросил лукаво хозяин.

— Покуда нам довольно и голландских, — отвечал капитан. — Нет, сударь, баранов едят, из кож шьют шубы, костями мостят дорогу для артиллерии и даже обсаживают ее в два ряда финиковыми косточками: надо у этих варваров образовать даже климат, и благодаря стараниям Фуше теперь он немного уступает итальянскому. Да, сударь, что Наполеону вздумалось, то свято. При торжественном вступлении его в Москву...

— В Москву?! — вскричал Виктор, едва не вскочив со стула. — Эта шутка переходит уже границы терпения!

— Шутка? Не вы ли, полно, шутите, господин странствующий рыцарь Меркуриева жезла? Видно, вы жили под землей, если не слышали этой новости; даже в Пекине все немые толкуют об этом!

Надобно сказать, что флот давно не получал известий с театра войны, а ван Саарвайерзен не хотел печалить русского вестью о взятии его отечественной столицы.

— Москва точно взята, — сказал он ему по-немецки, — но ваши стоят крепко; будь мужественен, Виктор, умерь себя.

Но эта весть как громом поразила юношу, и, наконец, худо скрытая досада овладела им. Болтун продолжал по-прежнему:

— Да, сударь, перед Москвою мы разбили пятисоттысячную армию, которою командовал Суворов или Кантакузен, ou quelque chose comme cela; [Или что-то вроде этого (фр.)] тут дрались даже старики с бородами по колено, которые служат им вместо лат или наших хвостов на кирасирских касках; картечь или пуля ударит, да и запутается в волосах!.. При этом деле были два полка самоедов на лыжах, — mais on enfile ça comme des grenouilles [Но их нанизывают, как лягушек (фр.)], — в полдень все было кончено, и бояре в длинных своих кафтанах, любя французов от души, на руках внесли победителя в город. По русскому обычаю, герою поднесли в пироге запеченного китенка, по счастью накануне пойманного в Белом море.

— Оно полторы тысячи верст от Москвы, — с презрением сказал Виктор.

— Точно так, точно так и было до Петра Великого; но он, для удобства столицы, велел подвинуть его поближе. Ручаюсь вам, сударь, что Петр был моряк, каких мало, и если б подольше поцарствовал, то весь бы свет обратил в океан и посадил на корабли. Но я удаляюсь от рассказа. К вечеру дан был бал, на котором музыку составлял звон всех московских колоколов; говорят, что эффект был восхитительный! Для редкости, два эскадрона пленных казаков отличились в народном танце, который у них известен под именем пляска. Все лица днем и все улицы ночью были иллюминованы. От избытка приверженности к вожделенным гостям жители зажгли дюжину церквей и несколько кварталов.

— Чтобы все французы погибли там! — вскричал Виктор.

В этот миг слуга принес английские газеты.

— Москва освобождена... Французы бегут! — вскричал Саарвайерзен, взглянув на первый лист, и передал его Виктору.

114

Весть об изгнании была там напечатана большими буквами. Восхищенный Виктор сначала обратил благодарные очи к небу, но потом желание укротить хвастуна вырвалось у него насмешками.

— Итак, господин капитан, ваши египетские герои бегут не оглядываясь!

— Sur ma foi [Клянусь (фр.)], — вскричал тот, — это газетный вздор, ото зажигательные известия английские; я никогда не видывал, чтобы французы от кого-нибудь бегали...

— Может быть, оттого, что вы бывали тогда впереди всех, — сказал Виктор насмешливо.

— Мне кажется, господин рыцарь аршина, вы на мой счет изволите забавляться? Douze mille bombes! [Двенадцать тысяч бомб! (фр.)]

— На ваш счет, господин герой таможни? Нимало: я бы ничего не поверил вам в долг.

— Знаете ли, кому вы говорите, сударь? Ведаете ли вы, что я происхожу по прямой линии от славного Монтаня, который так же умел владеть пером, как шпагою?

— В таком случае вы оправдали на себе басню, в которой гора породила мышь! [Игра слов — montagne и Montaigne. (Примеч. автора.)]

— Я мышь? Я, сударь, мышь? Как старинный дворянин, я бы доказал вам дружбу, если б вы стоили острия моего клинка, но знайте, что он действует и плашмя.

— Дерзкий хвастун! Если б мы были не в доме почтенного человека, вы бы получили должную награду; впрочем, вы можете счесть, что взяли ее.

— Так знайте и вы, что если б не этот стол, я бы прон—, зил вас насквозь, — вскричал ретивый француз, — и с этой минуты вы можете считать себя мертвым!

Эта выходка рассмешила всех как нельзя более. Нахохотавшись досыта, сам Виктор негодовал на себя за вспыльчивость. Истинно смешно было сердиться на этого шута. Согласие восстановилось за бутылкой шампанского, которую гости роспили за здоровье победителей, каждый разумея в тосте, кого ему хотелось.

После кофе капитан с значительным видом приблизился к хозяину, прокашлялся, как проповедник, который сбирается говорить поучение, выставил вперед козлиную ножку и умильным голосом попросил хозяина удостоить его минутным, но особенным разговором о важном, очень важном деле. Слыша это, все лишние поспешили удалиться.

ГЛАВА VII

Утешься! Индия осталася за нами.

Я. Хмельницкий

О чем и как шла таинственная беседа Монтаня с хозяином, история умалчивает. Только через полчаса двери кабинета растворились, шумя, и капитан, надувшись как индейский петух, с гневным видом вышел оттуда, крутя свой хохол; между тем Саарвайерзен провожал его повторениями:

— Нос, сударь, нос! Говорю я вам — нос в два аршина с четвертью!..

Не взглянув ни на хозяйку, которая сидела с Гензиу-сом за пикетом, ни на Жанни, которая речитативом повторяла с Виктором песню собственного сочинения, сердитый герой перешагал через комнату, ворча, и, не поклонившись, хлопнул дверью. Слышно было, как, сходя с лестницы, он приговаривал:

— Да, да, господин Сар-сар-сер-ве-зан, вы мне дорого заплатите за эту обиду, да, да, господин Сар-сур-сир, — между тем как наконечник волочащейся по ступенькам шпаги вторил ему. Скоро раздался бряк подков двух лошадей у крыльца, и через минуту герой был далек от дому и мыслей его обитателей.

В это время Виктор и Жанни, кончив свое совещание, решительно встали оба и вошли в кабинет Саарвайерзена. Старик ходил по комнате, против своего обыкновения весьма скоро; на лбу его еще видны были морщины досады, но он разгладил их, взглянув на дочь свою. Ласково притянул он ее к себе и поцеловал в голову.

— Добрая девушка! — сказал он, — не правда ли, ты еще не хочешь покинуть отца своего?

— Для чего вы меня об этом спрашиваете, батюшка? — робко возразила Жанни, пойманная, так сказать, врасплох.

— Так, милая, так; мне пришло на мысль, что весною видел я молодых ласточек, которые чуть оперились и хотели покинуть кров родимый; бедняжки попадали из гнезда и достались на потеху школьникам. Девушки похожи на ласточек, Жании...

— Не знаю, батюшка, только я не желала бы век разлучиться с вами, но не желала бы разлучиться и с... Батюшка, обещайте мне исполнить то, об чем я вас попрошу.

— Изволь, изволь, моя милая; конечно, тебе понравилась

116

какая-нибудь игрушка: перстенек, или шаль, или заморская птичка? Хоть райскую куплю, душенька; плуты купцы ухитрились и в раю найти товар для вас. Говори; я ничего для тебя не пожалею.

— О нет, батюшка. Я так задарена вами, что мне ничего не остается желать в этом отношении, но... но вы не рассердитесь, батюшка?

— Рассержусь, если ты долее станешь скрываться. Нужна ли тебе компаньонка позабавнее, я выпишу такую, что в три дня уморит тебя со смеху; нужна ли мадам по-ученее, я найду такую, перед которой и мадам Сталь — не больше как словесная пирожница; хочется ли танцмейстера, вмиг доставлю такого искусника, что протанцует тебе гавот в бутылке.

— Вы все шутите, батюшка... а я...

— А ты небось в первый раз вздумала важничать? Очень бы любопытен знать, что за дело запало тебе в голову?

— И в сердце, батюшка... Мы... я, Виктор...

— Да, кстати, друг Виктор, — сказал хозяин, прерывая ее и дружески сжимая ему руку, — знаешь ли, что нам скоро должно расстаться?

— Я для этого-то и пришел к вам, почтенный хозяин мой. Нам должно расстаться или ненадолго, или навсегда. Коротка будет речь моя: ни мой, ни ваш откровенные нравы не имеют нужды в длинных околичностях и блестящих словах... Я люблю дочь вашу, она любит меня, ваше согласие даст нам счастье. Заверенный словом вашим, я по окончании войны прилечу сюда жениться.

— Жениться!.. — вскричал с изумлением Саарвайерзен, отступая на три шага. — Жениться? Это коротко и ясно, Виктор, и быстро, хоть куда, да едва ли и не безрассудно также! Сегодня, никак, целый свет взяла охота свататься на моей дочери: не успел сжить с рук этого фанфарона, эту таможенную мышеловку, Монтаня, и другой готов уже на смену.

— Я смею надеяться, Саарвайерзен, вы не ставите меня на одну доску с этим искателем кладов?

— Сохрани меня бог, два аршина с четвертью. Я скорей бы согласился на своей фабрике век выделывать попоны, чем позволить выставить его клеймо на лучшей моей ткани!

— Почтенный господин Саарвайерзен, я никогда бы не дерзнул искать руки вашей дочери, если б не имел на то единственного, по-моему, права: ее взаимности и пламенного желания сделать ее счастливою!..

— Любезный батюшка, я сердечно люблю Виктора! — вскричала Жанни, ласкаясь к нему.

— Ты сердечно говоришь пустяки, моя милая... Скажи-ка лучше, в котором боку у тебя сердце?.. — возразил отец. — Девушки еще за куклами так же часто говорят люблю, как дьячки аминь, нисколько не понимая, что это значит, и я дивлюсь только одному, как смела ты сказать это слово чужеземцу, не спросясь ни отца, ни матери, и раньше восемнадцатилетнего возраста. Что касается до тебя, Виктор, тебе не мудрено было полюбить хорошенькую девушку и единственную наследницу!..

— Саарвайерзен, вы можете отказать мне в благосклонности, но не в уважении. Я имею в России независимое состояние и везде доброе имя и не полагаю, чтобы я подал вам повод сомневаться в моем бескорыстии. Отдайте мне Жанни, как она стоит перед вами, и я буду не менее счастлив, не менее благодарен... Я буду богач, когда Жанни принесет мне в приданое любовь свою и согласие ваше...

— Хорошо сказано, молодой человек, и, что еще лучше, благородно почувствовано; но подумай и посуди сам, есть ли в твоем предприятии хоть нитка благоразумия? Я знаю о тебе столько же, как о летучей рыбке, которая взлетает над морем и опять скрывается в море. Не обижаю тебя сомнением, верю всем словам твоим, хотя при записке в долговую книгу супружества надобно бы для дочери желать должайшего знакомства и вернейшей поруки, но вспомни, что каждый шаг твой здесь куплен опасностью. Монтань уже подозревает что-то и не преминет донести своему правительству, у которого я давно на худом счету. Я сам собираюсь отсюда убраться тихомолком, покуда минут смутные обстоятельства. Кроме того, волей и неволей мы в войне с русскими, и бог весть, когда она кончится. Да если б и кончилась скоро, — скоро ль тебе будет возможно приехать сюда? Посуди притом, каково будет нам, старикам, разлучиться с любимою дочерью...

— Даю вам священное слово каждые два года приезжать сюда на несколько месяцев; готов даже навсегда поселиться с вами...

— И этого не хочу, любезный Виктор... Жена должна для мужа покинуть все на свете, но мужу для жены стыдно забыть отечество. Скажу тебе откровенно, ты мне понравился, и будь ты одноземец мой, я бы не заикнулся назвать тебя зятем, если б даже кошелек твой можно было продеть в иголку, но отпустить дочь за тридевять земель... Она так молода, ты так ветрен, что через полгода, статься может, оба не вспомните и не захотите узнать друг друга.

— Если б нам не суждено было видеться до второго

пришествия, я и там бы встретил Жанни как супругу моего сердца, — сказал Виктор.

— Никто, кроме Виктора, не будет моим мужем, — присовокупила Жанни решительно.

— Все это очень громко и очень ломко, друзья мои; вы говорите в горячке, а горячка есть болезнь, и непродолжительная. Рад верить, впрочем, что любовь ваша не полиняет ни от времени, ни от препятствий, и по тому-то самому полгода-год разлуки нисколько не помешает делу. Если ты возвратишься к нам в тех же мыслях и найдешь Жанни с теми же чувствами, — с богом, я не стану противоречить, а между тем мы лучше узнаем о тебе, а Жанни испытает себя.

— Могу ли я принять это за неизменное слово? Можем ли променом колец заверить будущий союз наш?

— Что касается до моего слова, любезный Виктор, ты можешь построить на нем замок, не воздушный замок, разумеется, а другое считаю излишним. Зачем надевать на себя путы, бесполезные между людьми благородными и предосудительные, если судьба разведет вас... Ты человек военный, тебя могут убить, и тогда Жании останется вдовою, не быв супругою. Теперь обрученье ваше походило бы на обрученье дожа с морем.

— Это не пустой обряд, почтенный Саарвайерзен, не вздорная прихоть, нет, — это утешение сердцу, это залог будущего счастья... Скрепите же его, освятите его своим благословением, дайте мне отраду считать себя не чуждым вашему семейству, дайте мне лестное право называть Жанни своею невестою, называть вас отцом своим...

Виктор склонил колено, прижимая руку старика к груди...

— Батюшка, — восклицала Жанни, возводя к нему заплаканные очи и объемля его колена, — сжальтесь, не будьте суровы, сделайте счастливыми детей своих!

— Полно, полноте, дети! — вскричал почти тронутый старик, вырываясь из их объятий. — Что это за картина венецианской школы! Что это за водевильные песни... Встаньте, утешьтесь... И я с вами разрюмился... слезы каплют у меня с лица, будто с молодого сыра. Встаньте, говорю я вам; я дал слово, и более ни слова... Не требуйте ничего лишнего, если не хотите, чтоб я отказал и в этом. Я должен быть рассудителен за вас, чтобы кто-нибудь из вас не пенял на меня. Завтра вы расстанетесь, а будущее зависит от вас самих. Дайте мне время образумиться.

Виктор ясно видел, что это полусогласие было чуть-чуть не отсроченный отказ; Жанни глотала все доказательства отеческие как зерна перцу; но делать было нечего, и они оба, поцеловав у старика руку, удалились с кисло-сладкими лицами.

Малорослый сын великой нации ехал в город, рассыпая проклятия на обе стороны; досада его раздражалась еще более тряскою рысью огромной фризской лошади, на которой он был точно миндаль на прянике. Не умея порядочно ездить, он беспрестанно скользил то вправо, то влево по широкому седлу. Спутник его, морской солдат самой разбойничьей физиономии, тащился сзади, скорчившись на тощей кляче, как на салинге, и, куря коротенькую трубку, при каждом скачке капитана приговаривал:

— Проклятые лошади!

— Лошади и люди, Брике, вода и земля — все негодно в этой несносной стороне, douze cents bombes! [Тысяча двести бомб! (фр.)]

— Это и мое мнение, mon capitaine! [Капитан! (фр.)] — примолвил Брике.

— ЭТО И мое убеждение, Брике, мое душевное убеждение. ЧТО такое здешние мужчины? Гордые лавочники! Что такое здешние дамы? Бестолковые поварихи. А девушки? Это ходячие кувшины с молоком. Никакого тона, mon cher [Дорогой мой (фр.)], никакого уменья жить в свете, пи малейшего взгляда отличать достоинства... Для них кусок лимбургского сыра с червями предпочтительнее любого дворянина с тринадцатью поколениями предков!

— Это ясно, как шоколад на воде, капитан, и я, право, расчесал себе голову, отгадывая, почему вздумалось вам удостоить это утиное племя своим выбором; правда, мамзель Саарвайерзен богата, и жениться на ней...

— Скорее женюсь я на адской машине, чем на этой голландке. Все, что я рассказывал тебе прежде, была одна шутка, douze cents bombes, если не шутка! Я только для забавы посватался на дочери сукошника, и как ты думаешь, он принял мое предложение?

— Разумеется, кинулся к вам на шею с расстегнутыми карманами и сердцем, — отвечал лукаво Брике.

— Rien moins que ça, Брике, ничего менее этого: он дерзнул отказать мне...

— Вы шутите и со мною, капитан!.. Полагаю, что в его кочане немножко поболее смыслу.

— Весь его смысл не стоит пары собачьих подков, Брике; он отказал наотрез. Он вздумал, что он очень важный человек, оттого что на полу у него бархатные ковры, а на столе фарфоровые плевательницы! Велика птица! Да если б его сукном можно было обтянуть земной шар, а червонцами запрудить Зюйдерзее, я и тогда отсмею ему насмешку. Не ему чета были бургомистры амстердамские, да и те перестали ковать колеса и коней серебром, а его-то и подавно можно просеять сквозь судебное решето.

— Не только можно, да и должно, капитан, — он закостенелый оранжист.

— Он мятежник, — это по всему видно. Во-первых, читает английские газеты.

— Во-вторых, богат, как жид.

— В-третьих... да что за счеты? Виноват кругом, да и только.

— В-четвертых, держит у себя подозрительных людей.

— Каких подозрительных людей? — сказал Монтань, обернувшись к своему оруженосцу. — Про каких людей говоришь ты?

— А вот изволите видеть, mon capitaine: недели с две тому назад ходил я с товарищами дозором...

— Знаю, знаю, приятель, каким дозором ты ходишь: каждый гульден тебе кажется запрещенным товаром, и ты конфискуешь их в свою пользу. Я ничего не хочу слышать, Брике, но попадешься — пеняй на себя: Наполеон не любит дележа.

— Всякому свое ремесло, капитан: кто любит брать города, кто — ломать сундуки.

— В том только разница, что кто ограбит королевство, тому ставят торжественные ворота, а кто крадет из-за замка, тому виселицу. Да не о том дело, приятель: о каких подозрительных особах говорил ты мне?

— Ходя дозором, как имел я честь доложить вам, увидел я, что шесть человек вошли на мельницу вашего пареченного тестя. Вот меня и взяло любопытство: дай посмотрю в комнату; влез на окно, гляжу и вижу...

— Во сне или наяву, Брике?

— Я бы желал тогда быть на моей койке, капитан, и храпеть во славу божию, вместо того чтоб дрожать, увидя там забияк, вооруженных с головы до ног и таких страшных с ног до головы, что наши саперы старой гвардии показались бы перед ними голубками; они говорили таким дьявольским языком, что у меня и до сих пор звенит в ушах.

— Это, наверно, английские зажигатели, Брике.

— Они так и глядели, капитан, как будто у них в каждой пуговице сидело по целой роте чертей. Вот и заметил я, что молодой человек, который казался их атаманом, увидел меня сквозь стекло, и все восьмеро с воплем кинулись за мною в погоню.

— Ты, помнится, сказывал, что их было шесть человек? — Я сначала обсчитался, капитан, только знаю, что оба они в меня выстрелили; да я не дурак, ночь была пре-темная, кинулся на землю и прижался к ней, как подошва. Они долго искали меня, но видя, что ничего не видно, ждали, ждали, да и пошел!

— Чудеса ты рассказываешь, Брике; ну, что ж потом?

— Потом я давай бог ноги, убежал, не оглядываясь...

— И только?

— О нет, капитан, совсем не только! Сегодня, за полчаса перед этим, после вашего обеда, стою я смиренно в поварне. Выходит туда так называемый племянник хозяина закурить сигарку. Я сейчас в карман, оторвал клочок от вашего счета с президентом муниципалитета, или нет бишь, от...

— Чтоб черт взял тебя с твоими присказками! Говори коротко и просто.

— Чего проще этого, капитан, что он раскурил сигарку и сказал мне: "Спасибо, друг мой!"

— Я тебе отблагодарствую этим бичом так, что ты и вперед закаешься терзать меня своими семимильными рассказами!

— Тут каждое слово — дело, капитан. Вот изволите видеть, как он раскурил сигарку, глядь я, ан это тот самый молодой человек, который за мной гнался с мельницы.

— Может ли быть? Неужто в самом деле? Да это находка, друг мой! Теперь говори, что я не гений, я с ничего заметил в этом насмешнике врага Франции и уж пугнул за него хозяина порядком.

— А пять человек, как я узнал стороной, спрятаны у него на фабрике. Старик сказывает, что они машинисты, да черт ему верит. Верно, бьют фальшивую монету, ведь неспроста же он так богат.

— Еще лучше, еще превосходнее, Брике!.. Теперь и у нас перестанет ходить в карманах сквозной ветер. Завтра же, чем свет, донос правительству, что такой-то фабрикант печатает у себя возмутительные прокламации, сбирает оружие, а что главнее всего, держит англичан для зажжения города... Славно, Брике... бесподобно! Будет чем погреть руки!

— И давно пора, капитан, а то, право, срам Франции, что она позволяет этим кургузым жидам толстеть и богатеть. Разве даром мы великая нация?

— Как попадет к нам в лапки да пристращают в военном суде дюжиною свинцовых пуль, так радехонек будет отдать свою Жанни за самого сатану, не только за меня, дворянина с

122

тринадцатью поколениями... Государственная измена — это не шутка, г-н Сарвезан, — это не шутка!

Деля в мыслях добычу, капитан с достойным своим наперсником въехал в крепость при ниспадающей ночи.

ГЛАВА VIII

Вот так-то свет идет; но почему он так,
Не ведает того ни умный, ни дурак.

Фон-Визин

Поутру, на другой день, приказ захватить Саарвайерзена был подписан комендантом Флессингена и двенадцать солдат для исполнения этого наряжены. Отдавая, однако ж, Монтаню повеление, комендант заметил ему, что безрассудно было бы арестовать человека, всеми уважаемого и очень любимого рабочими, посреди его фабрики, где народ может возмутиться и отбить пленника; а потому советовал выманить его оттуда под каким-нибудь предлогом и потом взять в укромном месте и без шуму. Капитан отдавал в заклад всех своих предков, что он смастерит дело так искусно, что сами бесы будут краснеть от зависти.

Случай — эта повивальная бабушка всего худого и доброго — натолкнул как будто нарочно капитана на долгоногого Гензиуса, который как аист шагал по кирпичной набережной мутного канала. За ним шел человек в матросской куртке, с узлом в руках. Монтань остановился: нос таможенного есть самый чувствительный инструмент в своем роде; в старину верили в чудесный прутик, открывающий клады и ключи; этот прутик в наше время осуществился в носу досмотрщика: лучше всякого ворона чуют они добычу, и будь контрабанда спрятана хоть в желудке, от них она не скроется.

"Тут что-нибудь недаром... — подумал капитан, поворачивая носом, как флюгером. — Гензиус выходит от банкира. Гм, ге! Этот рыбак — самый удалой смоглер и уж не раз вырывал у меня из-под посу лакомые куски, — верно, какая-нибудь отправка в поход. Да уж не сношения ли с неприятельским флотом?.. Зачем эти сделки денежные? Почему он взял, черт ведает откуда, чужого человека, когда своя контора набита поденщиками? Что за связка у него в руках?"

И вот капитан мой уже бежал вслед за Гензиусом и, запыхавшись, схватил его за полу.

— Bonjour [Здравствуйте (фр.)], дорогой Жензиус, — сказал он.

Гензиус кисло улыбнулся, отвечая поклоном, и хотел продолжать путь свой, но безотвязный капитан повесился у него на рукаве.

— Куда идете? — спросил он.

— Прямо по дороге, — отвечал он.

— Замысловато, господин Гензиус, очень замысловато, это доказывает, что натощак и голландский ум может летать по крайней мере как волан... Но так как я уверен, что вы не променяете добрый завтрак на всю остроту человеческого рода, то не угодно ли будет сделать мне честь: завернуть в ближайшую гостиницу? Что там за портер!

Я хоть таможенный, да гляжу на все то сквозь пальцы, что цежу сквозь зубы.

— Портер? — произнес Гензиус, облизываясь, и уж ступил было в сторону, когда мысль, что ему еще куча дела по поручениям хозяина и по закупкам Белозора, остановила его, будто камень преткновения.

— Благодарю покорно, — отвечал он со вздохом, — ни минутьгнет времени, до другого раза, капитан...

— И, полноте, господин бухгалтер! Сухое и перо не пишет, и чтобы подкрепить ноги, надо приласкать брюхо.

— Чувствую истину этого и не могу ею воспользоваться. Прощайте, капитан.

— Жаль, право жаль, любезный господин Гензиус, а мне бы надо было поговорить с вами о новом подряде на сукна. Я сегодня, по поручению генерала, поеду в Фламгауз.

— И поедете напрасно; хозяин мой сегодня целый день будет считаться с мельником, — ныне начало месяца!

"На мельнице? Ага! — радостно подумал Монтань. — Золотой бочонок сам катится к нам в погреб. Дельно! Теперь, господин счетчик, можешь идти куда хочешь: я вытащил из твоего носу червячка и без завтрака".

— Брике! — вскричал он, — следи этого архибестию рыбака Фландеркина, пошли вслед за ним человек пять издали и скажи: если увидят, что он готовится спустить лодку в море, цап его за бок и тащите ко мне на брандвахту; остальных солдат положи, когда стемнится, в засаду близ мельницы Саарвайерзена, и всех, кто в пей, захвати и веди в город за конвоем... мужчин и женщин. Смотри же, не выпускай никого, а пуще всех старика.

— Будет исполнено, капитан! — отвечал Брике. — Только при дележе не забудьте, что я вас навел на дичинку, а то до сих пор начальники брали деньги, а мне оставляли одни тычки, — только из этой поживы они не брали законной себе доли.

— Будет всем пожива, — отвечал капитан, потирая руки.

Таким-то образом высокоумный Гензиус, желая избавить хозяина от посещения некстати, предал его в руки бездельников. Таким-то образом и самая извинительная ложь рано или поздно, но всегда становится вредною.

К вечеру Саарвайерзен с Виктором и дочерью, которая настояла на том, чтобы проводить своего жениха, приехали на мельницу. Матросы их ждали там еще с прошлой ночи, и, когда стало смеркаться, все было готово к отправлению. Покуда еще хоть день, хоть час, хоть миг остается до разлуки, сердца любовников не перестают еще надеяться; они, кажется, ждут чуда, которое отвратит ее, но зато тем ужаснее бывает для них минута расставанья; она всегда для них внезапна и будто рассекает их пополам. Жанни плакала и молчала, напрасно шутил над нею отец, напрасно утешал Виктор, и, наконец, все трое уселись, как будто провожая кого-то не к избавлению, а на казнь. Время уходило... Саарвайерзен вынул часы и, не говоря ни слова, подавил пружину; они звонко пробили пять.

Виктор встал с тяжким, глубоким вздохом; рыдая, упала Жанни на грудь отца.

— Прости, Виктор, прости навечно; я предчувствую, что мы более не свидимся, — произнесла она, — прости!

Виктор пламенно поцеловал оставленную ему руку, и его слеза канула на нее.

— Достойная Жанни, — сказал он, — пусть эта капля будет печатью душевного союза, и да откажет мне бог в слезах в горькие часы жизни, если я для каких бы то ни было радостей замедлю своим возвратом.

— Два аршина с четвертью! — вскричал отец, обнимая отъезжающего и вытирая о его плечо глаза свои. — Откуда набрались вы этих романтических покромок?.. Ну, утешься, причудница, успокойся, моя милая: новая весна приносит новые цветы, и коли вы в самом деле так друг друга любите, мы вас обстрижем под одну ворсу. В чудные веки мы живем, в чудные веки! — ворчал Саарвайерзен, влезая на лошадь. — Вчерась еще поутру я бы ручался, что моя Жанпи не отличит петуха от курицы, а теперь? Два аршина с четвертью! И еще не дождавшись законного возраста... Смотри, пожалуй.

От мельницы шли две дороги к морю: одна прямо, по которой шел Виктор после кораблекрушения, другая правее на Деидермонд; по сей-то последней отправились наши путники. Виктор ехал безмолвен, снедая печаль в сердце. Саарвайерзен, видя, что с влюбленными плохая беседа, разговаривал с проводником, несшим фонарь. Матросы, идучи позади тихомолком, шутили промеж собою.

— Что ж мы, братцы, станем рассказывать товарищам у табачного бака, коли бог принесет на свой корабль? — сказал урядник.

— Что лягушки здесь царствуют, а люди живут как у нас лягушки, — отвечал один.

— Вот уж напрасно охаял Голландию, — возразил другой, — стыдно, где пить, тут и рюмки бить. Чего тебе здесь недоставало? Можжевеловой — хоть не пей, свежины вдоволь. Закорми чушку, она станет жаловаться, что бока отлежала.

— И впрямь, брат, грешно словом укорить наших хозяев, — чего только душеньке угодно, давали: хлеб белый как месяц, сыр объеденье да утром еще и кофей!

— Хвали, хвали хозяев, а они себе на уме: ржаной корочки допроситься я не мог, а эти опресноки оскомину набили. Видел, брат, я, что они с кофея-то одной жижицей нас потчевали, а гущу всю себе оставляли. А про сыр и говорить нечего, — весь в дырах! Небось молодые сыры подальше хоронят; а уж и подметил я у них здоровенные, что твой кирпич. В одном фунте фунта два будет!

— У всякого своя заведенция... — примолвил Юрка. — В чужой монастырь со своим уставом не ходят. По мне, там такое было житье, что коли во сне увижу, так, я думаю, сыт буду.

— У лентяя вечно масленица на уме, — возразил урядник, — то ли дело между своими на службе: горя много, да уж зато и утехи вдвое. Наработаешься на вахте до упаду, насмеешься за ужином досыта, и, не дослушав сказки, засыпаешь, убаюкан бурею в койке, и гоголем вскочишь, когда закричат: "марсовые, наверх!" Дай бог, братцы, увидеться с земляками; хорошо в гостях, а дома лучше!

— Дай бог, дай бог обняться с нашими нетронскими! — воскликнули умиленные матросы, прибавляя шагу.

Без всяких неприятных встреч отряд достиг до берега. Темное море плескало в него тихою зыбью. Запорошенные инеем дороги и плотины, будто раскинутые холсты, тянулись вдаль и сливались с туманом, который начал подыматься. Нигде не слышно, не видно было ни души.

— Фландеркин-флаат! — произнес проводник, ударяя в ладоши. — Он здесь должен был нас дожидаться.

После многих побегушек в разные стороны оказалось, что нет ни лодки, ни нанятых рыбаков в окрестности. Саарвайерзен потерял терпение: неустойка в слове была для него подлее, чем воровство, хуже, нежели убийство.

— Sapperloot! — вскричал он. — Я живьем истолку эту ходячую треску. Взять даром деньги и не исполнить слова, — это неслыханно! Я его так взгрею, что мои талеры растают у него в кармане... Проклятый пьяница!.. Верно, где-нибудь теперь прохлаждается в шинке; но будь я не я, если он не завертится кубарем от этой плети, прежде чем у него высохнут губы.

Но брань ничему не помогала. Положение Белозора и матросов его было самое критическое, и, наконец, Саарвайерзен, послав на Викторовой лошади проводника влево, поскакал сам внутрь земли искать рыбака в его домике, восклицая, что он разбудит его кулаком своим не хуже сукновального молота и сделает из его спины клетчатую шотландскую тартану!

Мало-помалу затих его голос и тяжелая ступь лошади по шоссе.

Виктор, видя, что рыболов или обманул, или изменил, решился пуститься по берегу влево, для встречи с ним или для изыскания другого способа спасения. Поравнявшись с тем местом, где выброшен был бурею на берег, заметил он нечто белое.

— Посмотри, — сказал он уряднику, — мне что-то видится впереди!

— Если б я не знал, ваше благородие, как разбило в щепы нашу четверку, я бы подумал, что это она ожила и выползла на берег, как тюлень!

В самом деле, то была шлюпка, обороченная вверх дном.

— Тише, тише, ребята! — сказал Белозор. — Мне кажется, подле пей вижу я людей, спящих под парусом; да вон на козлах блестят и ружья; это, должно быть, досмотрщики. Ползком подберемся к ним и накроем врасплох, как утят в гнезде.

Едва дыша, приближался Белозор впереди всех... Но французы спали крепким сном, и захватить их было нетрудно. С криком кинулись наши сперва на ружья, потом на сонливцев и, пригвоздив штыками углы паруса к земле, как перепелок из-

127

под сети, вытащили поодиночке пленников, связывая им руки и клепля рот.

Из четырех оставили только одного без повязки для допроса.

— С какого ты судна? — спросил его Виктор.

— Мы таможенные солдаты, — отвечал он, — с брандвахты (patache) le Friseur.

— Кто у вас капитан? — Монтань-Люссак.

— Старый знакомый. А зачем вы на берегу?

— Не знаю; четверо наших, по приказу капитана, отправились в средину края; мы берегли шлюпку.

— Благодарю, что сохранили ее для нас. Теперь, братцы, перенесите этого молодца в шлюпку, пускай он лежит на дне вместо балласту.

Шлюпка была уже спущена на воду, и матросы, опершись на весла, с нетерпением ждали приказа отвалить.

— Не прикажете ли остальных на упокой? — сказал Юрка, замахиваясь багром на связанного солдата.

— Пошел в свое место, — гневно вскричал Виктор, — и помни, что русские не бьют лежачего. Все ли готово?

— Все до крошки! — отвечал урядник. — Крестись, ребята, весла на воду... греби!

Между тем как это происходило на берегу, Жанни одна с своей кручиной сидела в комнате мельника. Глубокую истину заметил тот, кто сказал, что женщина, любя впервые, любит любовника, потом уже одну любовь. В первом случае вся она будто поглощена бытием друга, и малейший страх за него, кратчайшая с ним разлука для нее уже истинное бедствие. Во всех последующих любовник для нее уже не предмет, но только средство наслаждения, и, проливая слезы разлуки, она уже озирается кругом, ее сердце, как пустой дом, требует постояльца: любовь для нее уже не страсть, а привычка.

Но Жанни любила впервые и со всею пылкостью души чувствительной, с безграничным доверием доброты. В краткий век этой девственной склонности она пережила все возрасты страсти, кроме ревности, и можно представить ее отчаяние, когда тот, который, как светильник, озарил перед нею мир, лежавший дотоле перед ее очами темною громадою, увлечен был от ней судьбою, от нее, жаждущей любить, тоскующей разделить любовь свою... Сердце ее, кипящее юностью, легко прияло впечатление страсти, как плавкое стекло, и, как со стекла, чтобы сгладить это впечатление, можно было не иначе, как разбив его. В это время вбежал к ней Гензиус с бледным, вытянутым лицом...

— Где ваш батюшка? Где все они? — спросил он торопливо.

— Там, где бы желала быть и я, — отвечала Жанни, не обращая внимания на необыкновенные приемы бухгалтера.

— Ради "Groos Buch", юнгфров, скажите, по какой дороге поехал ваш батюшка? Ему грозит большая опасность!

— Батюшка в опасности?! — вскричала, вспрянув, испуганная Жанни. — За что? от кого в опасности?..

— Бургомистр Гоог Воорст ван Шпан...

— Какое мне дело до вашего бургомистра? Скорей и яснее!

— Я сам запыхался, как ветряная мельница, юнгфров... Говорил я вашему батюшке, что быть беде за русских, которых держал он на фабрике, а Монтань и подвел к этому свои итоги; он донес правительству, что ваш батюшка держит у себя зажигателей-англичан, печатает прокламации против Наполеона и хочет изменой захватить крепость. И вот его велено заключить в темницу и судить военным судом... Спасибо за уведомление бургомистра Гоог Воорст ван Шпандербергера, а то бы...

— Заключить, судить!.. умертвить его! У тигров всегда виноват человек... Недоставало только этого к нашему несчастью... Что же вы стоите, сударь? Бегите, скачите, летите навстречу батюшке, уведомьте его; пусть он бежит за границу. Есть у него деньги с собою? Если нет, возьмите эти брильянты, которые получены только что из переделки...

— У меня в кармане значительная сумма, взятая от банкира; притом же...

— Спешите, сударь, говорю я вам! — воскликнула Жанни, почти выталкивая Гензиуса и рассказывая ему, где и как он, наверное, найдет отца ее. — Пусть не беспокоится он о нас; с нами ничего не сделают.

— Дай бог, чтоб ничего не сделали, сударыня, — говорил Гензиус, вскарабкиваясь на каретную лошадь, — беда, если и мужчина попадет в когти этих разбойников, а храпи бог, как девушка.

Удар бича, которым попотчевал мельник его буцефала, прервал речь всадника, и скоро умолк скок неопытного гонца.

Жанни была в неописуемом положении: любовь к отцу заставила ее на время забыть даже любезного, не только самую себя. Она уговорила старика слугу, приехавшего с ней за каретою, сесть верхом и ехать отыскивать отца. Кучер был проводником. Итак, она осталась одна со стариком мельником и его женою. Запершись кругом, со страхом ждали они известий... Через час места послышался стук у дверей.

— Отворите, — произнес грубый голос, — отворите по

приказу правительства. Если вздумаете сопротивляться, с вами поступлено будет как с мятежниками и дом ваш разграблен дотла!

Это был Брике с командою.

— Боже мой, — вскричала хозяйка, — ото голос того же разбойника, который вязал нас две недели назад! Когда господь избавит Голландию от этих гербовых злодеев!

— Что ты колдуешь там, старая ведьма? — возгласил Брике. — Отворяй, или мы высадим двери прикладами!

— Что нам делать? — шептала Жании хозяйка. — Их много, и двери недолго продержатся. Что нам делать? Мы пропали с добром и с косточками!

— О вещах не горюй, старуха, — возразил хозяин, — добрый наш господин втрое заплатит за все; но что будет с вами, сударыня!..

— Что угодно богу, — с твердостью сказала Жанни, — я скорее умру, чем живая отдамся в руки этих наглых бездельников... Хозяин, задержи их всякими средствами, а я бегу встретить своих или кинуться в воду...

С этим словом она накинула шубу свою, схватила ящик с бриллиантами и выпрыгнула в окно.

Она уже была далеко, когда треск одних за другими падающих дверей долетел до ее слуха.

Быстро, не отдыхая, бежала опа по плотине к морю; страх придавал ей силы, надежда окрыляла ноги:

— Батюшка! Виктор!.. — кричала она, слыша за собою гонящихся солдат. — Виктор! — повторяла она исчезающим голосом, видя отваливающую шлюпку, но слабые звуки умирали на ветре. — Спасите! — восклицала она в тоске отчаяния, но спасение ее бежало. Задыхаясь, изнемогая от усталости, простирала она руки к морю, но безжалостное заглушало мольбы ее плеском. — Виктор! — вскричала она в последний раз и упала без чувств на холодную землю.

ГЛАВА IX

...За счастьем, кажется, ты по пятам есешься,
А как на деле с ним сочтешься, —
Попался, как ворона в суп.

И. Крылов

Знакомый голос проник до сердца Белозора; шлюпка дала крутой оборот, взрывая волны, и через минуту Жанни лежала уже на руках друга; но между тем погоня была близка... С бранью и проклятиями бежали к берегу солдаты. Что было делать Белозору? Оставить ли невесту свою в жертву дерзости и своевольства? Нет, нет... Он бережно поднял драгоценное бремя и прянул в шлюпку...

— Отваливай! — вскричал он, и шлюпка ринулась с берега, как испуганный лебедь.

— Остановитесь! — летело вслед ему. — Стой! или мы будем стрелять! — кричал Брике. Ружья патруля сверкали.

— Позволяю! — отвечал Белозор, спуская курок пистолета, и Брике покатился в воду. Беглый огонь полетел в шлюпку, но мрак и волнение мешали цельности выстрелов.

Скоро выгребли беглецы из полета пуль, и матросы только смеялись, слыша, как свистят они и падают в море.

— Спасибо за парадные проводы! — кричали они беснующимся французам, и между тем с каждым взмахом веслами быстрая шлюпка, шипя, взбегала на волны, как будто порываясь взлететь над ними. Однозвучное ударение в уключины и плавное колебание судна погрузили Жанни в глубокий сон из бесчувствия. Прислоня голову милой к груди своей, Белозор прислушивался к ее дыханию; оно было легко и покойно, но зато Виктор был далек от покоя... Он со страхом замечал, как свежал ветер, как сильней и сильней плескалось волнение. Непостоянное течение менялось, туман несся над водами... С каждым мигом надежда добраться до флота, далеко лежащего от берега, становилась несбыточнее.

— Держись на веслах! — сказал он, желая обознаться, куда грести. Матросы безмолвно, опершись о вальки весел, глядели на воду. Непроницаемый туман клубился окрест, и только шум всплесков о водорез, только брызги их были ответом на взоры и внимание Виктора. Брошенная на волны бумажка тихо плыла влево; но кто поручится, что ветер и течение не изменились? И нет компаса, чтобы их поверить.

— Мы заблудились, ваше благородие, — сказал урядник, — если выгребем в открытое море, то погибнем без сомнения, а если снесет нас к берегу, то не миновать плена.

— И еще вернейшей смерти. Теперь с нами поступят как с беглецами, особенно за убитого... Но постой, это колокол, раз, два, три!

Било восемь склянок. Нигде так величественно не слышится бой часов, как над бездной океана во мгле и тишине. Голос времени раздается тогда в пространстве, будто он одинокий жилец его, и вся природа с благоговением внемлет повелительным вещаниям гения веков, зиждущего незримо и неотклонимо.

Колокол затих, гудя.

— Это должна быть ваша брандвахта! — вскричал с радостью Белозор к связанному французу. — Сколько на ней команды, друг мой? Но смотри, не хвастай!

— Более чем нужно, чтобы развешать вас вместо фонарей по концам рей, — отвечал француз, ободренный близостью своих.

— Ты не будешь этим любоваться, если не перестанешь остриться некстати. Мы, русские, любим посмеяться смешному, но не берем его в уплату. Говори дело, мусье, а не то я пошлю тебя на исповедь к рыбам!

Видя, что его не шутя подняли над водою, пленный оробел.

— На судне осталось только двенадцать человек, — отвечал он.

— Тем лучше, — сказал Белозор. — Ну, товарищи, нам единственное спасение завладеть тендером. Не скрываю от вас: дело опасное, зато уж молодецкое; славы и денег будет столько, что и внучатам не прожить. Грянем, что ли, ребята?

— Грянем, Виктор Ильич, постоим за матушку-Русь, знай наших нетронских! В огонь и воду готовы! — вскричали в один голос удалые матросы.

— Вот спасибо, ребята! С вами и месяц за рога сорвать — копейка, — жить весело и умереть красно! Осмотрите же, братцы, захваченные ружья, и, как скоро привалим к борту, скачи через сетку и прямо сбивай с ног встречного и поперечного, забивай люки и вяжи или коли упорных. А между тем обвертите шейными платками вальки, чтобы они не брякали в уключинах; только бы добраться, а то все наше: пей — не хочу!

Скользя, как тихая тень, понеслась шлюпка, и скоро они разглядели одномачтовую брандвахту, которая то вздымалась на валах высоко, то с шумом ударяла своим бугшпритом в воду. За сеткою мелькала одна голова часового.

— Qui vive? [Кто идет? (фр.)] — раздалось с борта.

— Отвечай отзывом, — шепотом сказал Белозор пленнику, приставя пистолет к груди.

— Le diable a quatre (бес вчетвером)! — закричал тот.

— C'est un bon diable (это добрый черт), — примолвил часовой и беспечно оборотился, чтобы вызвать наверх офицера; но Белозор перескочил в это время на палубу, не дал ему даже пикнуть, и в один миг все было исполнено по приказанию.

Палуба находилась во власти русских, а внизу никто и не подозревал о том.

Белозор, рассмотрев сквозь стеклянный люк, что в капитанской каюте сидят за столиком трое офицеров и шумно разговаривают за бутылками, потихоньку спустился по трапу (лесенке) к дверям и остановился послушать речей их.

— Ты прелюбезный злодей! — говорил Монтаню один из таможенных чиновников.

— Настоящий людоед на женские сердца! — примолвил другой.

— Небось на контрабанду и шашни не дам промаху; сам сатана мог бы у меня взять несколько билетов для науки в любовной охоте; одним камнем двух птиц зашибу. — Это говорил Монтань.

— А что, сердечко-то, верно, в золотой оправе? — произнес первый голос.

— Ха, ха, ха! — отвечал капитан. — Голландское сердце всегда в кошельке; как помокнет в тюрьме, так мой старик станет мягче своего сукна. Уж к судьям отправлен ящик с шампанским, подогреть их патриотизм; обвинение важное, и только рука Жанни выскоблит его.

— То есть, когда мы говорим рука, то, конечно, разумеем под этим не одни пальцы, — сказал другой, — но и кольца, и перстни, и все, что в ней и на ней?

— Да узк что толковать об этом; будущий тесть мой богат, и я заживу как маршал, разграбивший провинцию. За здоровье нареченной моей!

— То есть за толстоту мешков ее приданого! — вскричали оба.

— Само собой разумеется, — возразил Монтань, — что я жену считаю приданым, а гульдены, будь они старее Нового моста, своею супругою. Между тем пускай ждет старый скряга нанятой лодки, когда она у нас за кормою, да, чай, уж теперь и сам к нежданным гостям в гости собирается. Я велел привезти сюда только молодого забияку, который вздумал надо мной подтрунивать. Завтра опечатаем фабрику, et vogue la galere (плыви, корабль), как не отдать дочери за француза!..

— И старого дворянина, — молвил другой лукаво.

— И таможенного капитана императорской службы! — гордо воскликнул Монтань. — Господа, здоровье Наполеона! За ним мы всегда правы и всюду хозяева!

Все подняли бокалы, восклицая:

— Да здравствует маленький капрал! Подавай сюда русских, мы сотне хвосты ощиплем!..

Дверь скрипнула, и Белозор упал как звезда с неба и, напенив порожний бокал, дал знак изумленным французам, чтобы они подождали...

— Здоровье императора Александра! — крикнул он; по гости поглядывали друг на друга, как будто спрашивая отгадки этой мистификации.

— Пейте, господа! — грозно воскликнул Белозор. — Или я заставлю вас выпить соленое море вместо шампанского; вы хотели ощипать сотню русских, ваше желанье исполнено: я русский!

— Это уж чересчур дерзко, — вскричал Монтань, хватая Виктора за ворот.

— Не бойтесь, господа, это тот самый шутник, про которого я вам рассказывал; видно, воротилась наша шлюпка и привезла пленника. Смотри, пожалуй, да какой ты забияка!

Белозор хладнокровно оторвал от себя Монтаня, как кошку, и бросил его на стул.

— Что я приехал на твоей шлюпке, это сущая правда, капитан! Только меня не привезли сюда, я сам за долг счел отплатить визит любезному другу. Пейте же, господа, говорю я вам, за здоровье русского царя, или я раздроблю голову упрямым... Что вы глядите на меня?.. Вы мои пленники, господа! Я имею на то трехгранные доказательства! Гей, наши!

Разбитые стекла капитанского люка, звеня, посыпались на стол, и несколько ружей, наведенных на офицеров, засверкали с палубы; они оцепенели на стульях, а храбрый капитан залез под стол.

— Вы можете вести переговоры из вашей крепости, — сказал ему Белозор,

— но знайте, что прелиминарная статья есть все-таки здоровье императора Александра... Да здравствует победитель Наполеона!

Французы, морщась, выпили свои бокалы.

— Теперь, господа, пожалуйте ваши шпаги; я ручаюсь вам за целость вашего имущества и невредимость ваших особ; но пусть один из вас потрудится сойти в матросскую каюту, разбудить поодиночке людей и также выслать их наверх; но я предуведомляю вас, что если вы вздумаете сопротивляться, я подниму всех на воздух; у меня тридцать человек на палубе, и ваш же фальконет наведен в пороховую камеру. Остальные останутся при мне заложниками.

Сказано — сделано. Не зная зачем и куда, вылезали матросы из люка; их хватали, вязали и укладывали, как селедок. Трое освобожденных рыбаков-голландцев помогали русским. В четверть часа судно было в полной власти их, и как ветер крепко дул с берега, то Белозор велел отрубить канат, отдал паруса и быстро покатился в океан, рассекая туман и волны. Нужно ли рассказывать, что пробужденная Жанни все еще не верила, что она видит это не во спе? Так чуждо, так необычайно казалось ей все, что происходило.

Сквозь туман, летящий клубами с болотистых поморий, повременно сверкали фонари на флоте, и, наконец, Белозор явственно разглядел крайний корабль свой "Не тронь меня!". Надобно вам сказать, что во время якорной стоянки вблизи неприятеля посылается обыкновенно кругом каждого корабля дозорный катер, и таким-то катером встречено было судно Белозора... Молодой мичман, командовавший оным, не разглядел в тумане приближающегося и потому не мог опознать издали; но вдруг, заметя парус, выходящий из паров, дал по нем выстрел из фальконета и изо всех сил пустился грести назад. В один миг распространилась тревога по всей линии, батареи открылись и осветились, фитили засверкали везде; черные громады кораблей казались тогда стойкими чудовищами, готовыми изрыгнуть смерть и гром. Напрасно кричал Белозор, что он русский, что он ведет призовое судно, — голос его замирал в стоне ветра. Видя опасность, он направил ход прямо к носу корабля, чтобы находиться вне выстрелов боковых орудий, но эта надежда была недолговременна. Когда он находился не далее полутора кабельтова от "Не тронь меня!", погонные пушки были привезены и готовы. Им даже слышно было, как лейтенант командовал:

— Обдуй фитиль! Пли!

Выстрел взревел; огненное облако озарило ночь, и ядро с плеском ударилось в воду подле тендера, прыгнуло через, разбив гафель, и пошло рикошетами далее.

— Покуда снимают с нас только шапки, — сказал Белозор, глядя на сорванный топсель, — но скоро доберутся и до головы.

— Вторая! пли! — раздалось с форкастля.

Это ядро дало всплеск подле самого носа и, свистя, перелетело вдоль тендера; оконтуженный французский офицер упал на палубу.

— Ядро виноватого найдет! — сказал один матрос.

— Не хотел бы я и за сто рублей стоять на его месте, — молвил Юрка.

— Полно дорожиться, и пятьдесят линьков было бы довольно, — возразил, шутя, урядник.

— Это еще яблочки, — сказал третий, — а вот скоро попотчуют смородиной, — держите шире карманы!..

— Что вы тут болтаете как сороки! — вскричал Белозор. — Кричите-ка громче пушек, а не то дорога нам будет расплата за непрошеные гостинцы.

— Не стреляйте! — заревели матросы на тендере. — Мы русские, мы нетронские!

Фитиль остановился над пушкою.

— Долой паруса и держите под наветренный борт, если вы русские, — раздалось сверху.

Приказ был исполнен, и скоро вооруженный баркас пристал к борту тендера. Дело объяснилось; их сочли брандером, но теперь, ступив на корабельные шканцы, Белозор не успевал отвечать на сотни вопросов, задушаемых дружескими объятиями. Все толпились кругом его, шумели, кричали: "Он воротился! Белозор воскрес!" — и никто не понимал друг друга. Наконец любопытные должны были уступить место Николаю Алексеичу, как старому другу найденного.

— Ну, брат, чародей ты, Виктор, — говорил он, обнимая друга со слезами на глазах, — "на огне не горишь, на воде не тонешь. А мы про тебя у всякой селедки расспрашивали, — ни слуху ни духу! И вдруг, когда полагали, тлеешь на дне морском, словно оторванный верп, ты прикатил к нам подо всеми, живехонек и здоровехонек!

— Да и прикатил-то еще не один; этот тендер вырезал я из-под батарей Флессингена; но об этом долга песня, только ты, Николай Алексеич, сократил было ее: если б еще ядро чокнулось с моею посудинкою, то встреча была бы поминками.

— И что за счеты между своими, — ты бы из воды сух вышел... Да это что у тебя за яхточка на бакштове? — примолвил лейтенант, поглядывая на Жанни, которая робко озиралась на незнакомцев. — Недаром, право, мы приняли тебя за брандера; в таких глазках больше огня, нежели нужно, чтоб поднять на воздух весь союзный флот.

— Я тебе поручаю, любезный друг, занимать мою спутницу в кают-компании, покуда я объясняюсь с капитаном.

— В уме ли ты, Виктор? Я лучше соглашусь принимать порох с сигаркою в зубах, чем провести полчаса с прекрасною девушкою.

— Это будет тебе отместкой за встречу!

Капитан принял Белозора, как отец спасенного сына, и когда тот рассказал свое похождение вкратце, уверил его, что такой подвиг не останется без представления со стороны высшего начальства и без награды от государя. Но вдруг, перемени ласковый на строгий тон, он спросил его:

— Какую девушку привезли вы с собою?

Белозор покраснел и смешался. Капитан, качая головой, слушал доводы, почему ее необходимо должно было взять с собою.

— Все это прекрасно, Виктор Ильич, — возразил он, — и очень справедливо, но всем ли вероятно? Для людей мало быть честным, надобно и казаться таким же. Ваше самоотвержение для спасения утопающих, ваше чудесное возвращение с призом, даже громкая встреча, — все обратит на вас внимание всех офицеров соединенных флотов; но это же самое возлагает на вас тройную обязанность сохранить свое имя не только без упрека, даже без сомнения... А кто, не зная вас, не подумает, что этот роман изобретен для прикрытия любовной связи!

— Капитан!.. — вскричал Белозор, вспыхнув.

— Выслушайте меня хладнокровно. Гораздо лучше узнать от друга то, что могут говорить о вас насмешники за глазами или намекать вам о том лично. Вы будете сердиться, а над вами станут смеяться; вы будете стреляться и еще больше огласите эту сказку, придадите ей существенности. Во-первых, вспомните, как строго запрещают морские законы присутствие женщин на корабле в военное время; с какими же глазами я поеду рапортовать о том английскому адмиралу?.. Конечно, первый вопрос его будет: что она — жена ИЛИ сестра господина лейтенанта?

Белозор мрачно потупил очи.

— Положим, что я представлю ему неотвергаемые причины, как бесчестно и бесчеловечно было бы оставить ее в руках французов, положим, что он всему охотно поверит, — могу ли, однако ж, я передать это убеждение всем англичанам, которые никому не уступят в злословии? Но допустим, что эта мнимая любовная выходка не только не повредит вам во мнении старых моряков, но сделает вас героем молодых; не должны ли вы позаботиться о чести этого невинного существа, которому вы случайно стали единственным покровителем? Доброе имя девушки, Виктор Ильич, — крылья мотылька: одно прикосновение уносит с него золотой пух невозвратно.

— Это был безрассудный поступок с моей стороны, — сказал Виктор печально.

— По крайней мере несчастный случай. Кто будет защищать ее от насмешек, кто будет иметь право отомстить за оскорбления? Где и с кем будет жить она на корабле, не подвергая теперь — своей скромности и всегда — своего доброго имени?

— Вы меня ужасаете!.. Но мог ли я, должен ли я был поступить иначе?.. Что прикажете делать мне теперь, капитан?

— Прошу и советую, если вы цените уважение всех людей благомыслящих, женитесь на ней.

— Жениться?! — вскричал изумленный нечаянностью Белозор. — Мне жениться?..

— Конечно, вам. Вы не удостоили меня полною доверенностью, Виктор Ильич, но у влюбленных душа пробивается сквозь поры, и мне сдается, что эта девушка вам нравится, то есть очень нравится?..

— Это дело не так страшное, капитан: она моя невеста.

— Какой же я чудак! — воскликнул с радостью капитан. — Уговариваю, когда надо было только намекнуть! За чем же дело стало? По рукам, да и к налою!

— Так скоро, капитан?

— Сей же час, сию минуту!.. Не должно, чтоб ни одна заря не рассвела над ней необвенчанной, если хотите, чтобы ее честь не знала сумерек. Я уступаю вам свою каюту, и могу ли я поздравить себя дружкою?

— И другом истинным, капитан! — произнес тронутый Белозор, простирая к нему руку. — Я сам бы никак не придумал уладить дело, хотя оно было самою лестною моею мечтою, и по неопытности настроил бы хлопот и себе и другим. Но у нее есть родители, люди очень богатые... подумают...

— И раздумают; нужда переменяет даже законы. Они сначала, быть может, и посердятся, потом поплачут, а потом простят и станут благодарить. Я иду распорядиться.

Если б Виктор не любил Жанни, то красноречие самого адмирала белого флага не убедило бы его, но тут несколько слов капитана бросили искры в порох. Небольшого труда стоило ему уговорить и Жанни: необходимость брака была слишком очевидна, и когда сердце заодно с разумом, согласие на устах. Мигом поспели из тонкой меди согнутые венцы, и жених с невестою, украшенные юностью и любовью, весело

138

приступили к брачному налою. Николай Алексеич держал венец над невестою, краснея сам пуще ее и не зная, на которую ногу ступить. Капитан нашептывал что-то на ухо жениху, и толпа офицеров окружала счастливую чету с ропотом ободрения. Вся команда, взмостясь на пушки, с любопытством глядела на обряд, не виданный под палубами; слабо озаренная батарея исчезала во тьме, и плеск валов и завывание ветра придавали какое-то священное величие этому торжеству.

Сладко сорвать поцелуй втайне, сладко получить его неожиданно, но всего сладостнее лобзание венчанья, когда в глазах всего света, не краснея, вы можете назвать милую своею. Какой-то неизъяснимый, священный восторг проник молодых, когда они слились устами, запечатлевая поцелуем союз супружества... Это был задаток будущего блаженства, будущего благополучия. Шампанское запенилось, и Жанни, стоя на пороге спальни, пылая как роза, благодарила всех присутствующих.

— Приятной ночи! — сказал капитан, раскланиваясь с лукавою улыбкою, и задернул двери.

Канва для пылкого воображения.

Поутру захваченные Монтанем голландцы возвратились на берег и привезли матери Жаппипой известис о сс замужсстве. Через три дня флот пошел зимовать к Чатам, и первый, кого встретили на берегу новобрачные, был Саарвайерзен. Старик плакал и смеялся, сердился и радовался вместе, но все кончилось как нельзя лучше. Через неделю получили письмо от матери, в котором она присылала свое благословение, но, между прочим, уведомляла, что она горько плакала от мысли, как несчастна была дочь ее, не имея для свадебного стола секретного яблочного пирожного и для брачной постели пуховиков гагачьих! Жанни улыбнулась и, зарумянившись, склонилась в объятия своего Виктора.

— А, а!.. — сказал Саарвайерзен. — Два аршина с четвертью, видно, ты была счастлива и без яблочного пирожного.

ЭПИЛОГ

В 1822 году, под осень, я приехал в Кронштадт встретить моряка-брата, который должен был возвратиться из крейсерства на флоте. Погода была прелестная, когда возвестили, что эскадра приближается. Сев на ялик у гостиного двора, я поехал между тысячи иностранных судов, выстроенных улицами, и скоро выпрыгнул на батарею купеческой гавани; она была покрыта толпою гуляющих; одни, чтоб встречать родных, другие, чтоб поглядеть на встречи. Лепты и перья, шарфы и шали веяли радугою. Веселое жужжанье голосов словно вторило звучному плеску моря; песни, стук, скрип блоков, нагрузка, оснастка по кораблям, крик снующих между ними лодочников и торговок — словом, вся окружная картина деятельности оживляла каждого какою-то европейскою веселостью. Только одни огромные пушки, насупясь, глядели вниз через гранит бруствера и будто надувались с досады, что их топтали дамские башмаки.

Увиваясь между пестрыми рядами, меняясь вопросами со знакомыми, поклонами с полузнакомыми и приветствиями с пригоженькими, я был поражен необыкновенною красотою одной высокого роста дамы; она стояла на парапете, устремив глаза на приближающийся флот. Ветер, врываясь под соломенную ее шляпку, взвевал роскошные ее локоны и обдувал стройные формы стана, — но какого стана! Вы бы не спали три ночи и бредили три дня, если б я мог вам нарисовать его! Правой рукой держала она шелковый зонтик, а левую опирала на плечо мальчика лет осьми миловидного, как амур. Он так нежно припадал к ней, она так ласково улыбалась ему, оба они составляли столь прелестную купу, что я загляделся и заслушался, хотя она не говорила ни слова. Есть возраст, милостивые государи, в который шум женского платья кажется нам очаровательною музыкою Эоловой арфы или даже, если вы имеете романтическое ухо, гармоникой сфер.

Я несколько раз вспрыгивал рядом с нею на парапет; шпоры мои бренчали на чугуне пушки, сабля исторгала искры из гранита, но все эти проделки не выманили у прекрасной незнакомки ни одного взора, ни малейшего внимания. Самолюбие мое было обижено до конца ногтей: имея тогда красные щеки, черные усы и белый султан, я полагал, что имею право по крайней мере на ласковый взгляд каждой женщины; но это подстрекало меня; я хотел упорством победить упорство и как бог Термин прирос вблизи, любуясь ее ножками, карауля взгляды и в отмщение наводя свою трубку на море.

Флот приближался как станица лебедей. Корабли катились величаво под всеми парусами, то склоняясь перед ветром набок, то снова подъемлясь прямо. Легкий передовой фрегат в версте от Кронштадта начал салют свой... Белое облако вырвалось с одного из подветренных орудий, другое, третье — и тогда только грянул гром первого. Дым по очереди салютующих кораблей долго катился по морю и потом тихо, величественно начал всходить, свиваясь кудрями. Едва отгрянул и стих гул последнего выстрела, корабли, по сигналу флагмана, стали приводить к ветру, чтобы лечь на якорь. Несколько минут царствовало всеобщее молчание. Внимание всех обращено было на быстроту и ловкость, с которою команды убирали паруса, что называется на славу, и вдруг заревела пушка с Кронштадта, — все дрогнуло; дамы ахнули, закрывая уши! Ответные семь выстрелов исполинских орудий задернули завесой дыма картину... Когда его пронесло, весь флот стоял уже в линии, и несколько шлюпок, как ласточки, махали крыльями по морю, спеша на радостное свиданье. Адмиральский катер гордо пролетел сквозь купеческие ворота; за ним, как быстрая касатка, рассекала зыбь легкая гичка, с широкой зеленой полосою по борту. Статный штаб-офицер с двумя орденами на груди стоял в ней, сложа накрест руки, и хотя зыбко было его подножие, но он стоял твердо, будто на каменной плите.

— Это он, это твой папенька!.. — вскричала радостно красавица, указывая малютке на шлюпку, и кинулась к пристани. Встрянув опять на ограду, она простирала руки навстречу супруга; огонь нетерпения пылал в щеках ее; взоры ее лобзали уже милого гостя... И он увидел ее, увидел сына, которого подняла она в воздух, и, отверзши уста, упершись ногой в край шлюпки, чтоб перепрянуть на берег, он был живое изображение мужественной любви. Я забыл о стане, забыл об очах и кудрях прекрасной незнакомки: я любовался уже одной душою ее, я мечтал о завидной доле счастливца — ее мужа.

— Шабаш! — крикнул урядник, и весла ударились в лад об воду. Как сокол, складывающий крылья, чтобы сильнее ударить, сложились они, и два крюка словно когти возникли пред грудью...

— С какого корабля? — спросил часовой, между тем как шлюпка описывала быстрый полукруг.

— Фрегата "Амфитриды". — Кто офицер?

— Капитан второго ранга Белозор! — отвечал урядник. Супруги уже лежали друг у друга в объятиях.

КРОВЬ ЗА КРОВЬ

Рассказ

В последний поход гвардии, будучи на охоте за Нарвою, набрел я по берегу моря на старинный каменный крест; далее в оставленной мельнице увидел жернов, сделанный из надгробного камня с рыцарским гербом... и наконец над оврагом ручья развалины замка. Все это подстрекнуло мое любопытство, и я обратился с вопросами к одному из наших капитанов, известному охотнику до исторических былей и старинных небылиц. Он уже успел разведать подробно об этом замке от пастора, и когда нас собралось человек пяток, то он пересказал нам все, что узнал, как следует ниже.

А. Бестужев

Этому уж очень давно, стоял здесь замок по имени Эйзен, то есть железный. И по всей правде он был так крепок, что ни в сказке сказать, ни пером написать; все говорили, что ему по шерсти дано имя. Стены так высоки, что поглядеть, так шапка валится, и ни один из лучших стрелков не мог дометнуть стрелой до яблока башни. С одной стороны этот провал служил ему вместо рва, а с другой — тысячи бедных эстонцев целые воспожинки рыли копань кругом, и дорылись они до живых ключей, и так поставили замок, что к нему ни с какой стороны приступу не было. Я уж не говорю о воротах, дубовые половинки усажены были гвоздями, словно подошва русского пешехода; тридевять задвижек с замками запирали их, а уж сколько усачей сторожило там — и толковать нечего. На всяком зубце по железной тычинке, и даже в желобках решетки были вделаны так, что мышь без спросу не подумай пролезть ни туда, ни оттудова. Кажись бы, зачем строить такие крепости, коли жить с соседями в мире?.. Правду сказать, тогдашний мир хуже нынешней войны бывал. Одной рукой в руку, а другой в щеку — да и пошла потеха. А там и прав тот, кому удалося. Однако и рыцари были не промахи. Как строили чужими руками замки, так говорили: это для обороны от чужих, а как выстроили да засели в них, словно в орлиные гнезда, так и вышло, что для грабежа своей земли. Таким-то добытом, владел этим замком

142

барон Бруно фон Эйзен. Был он не из смирных между своей братьи, даром что и те удальством слыли даже за морем. Бывало, как гаркнет: "На коней, на коней", то все его молодцы взмечутся, как угорелые, и беда тому, кто выедет последним! Коли подпоясал он свой палаш, а палаш его, говорят, пуда чуть не в полтора весил, то уж не спрашивай: куда? знай скачи за ним следом, очертя голову. Латы он носил всегда вороненые, как осенняя ночь, и в них заклепан был от каблуков до самого гребня; глядел на свет только сквозь две скважины в наличнике,— и, сказывают, взгляд его был так свиреп и пронзителен, что убивал на лету ласточек, а коли заслышит проезжий его свист на дороге — так за версту сворачивай в сторону, будь хоть епископ, хоть брат магистру. Врагов тогда, бывало, не искать стать, выезжай только за ворота: соседов много, а причин задрать их в ссору еще более. Притом же Нарва в тридцати верстах, а за ней и русское поле... как не взманит оно сердце молодецкое добычей? ведь в чужих руках синица лучше фазана. Вот как наскучит сидеть сиднем за кружкою... так и кинется он к границам русским — ему не нужно ни мосту, ни броду. Прискакал к утесу — а река рвет и ревет, как лютый зверь. Что ж бы вы думали? "За мной, ребята!" — и бух в воду первый. Кто выплыл — хорошо. Потонул — туда и дорога! Скажет только, бывало, отряхаясь: "Скотина!" — и помин простыл. Да ему с полгоря было так горячиться. Конь служил под ним заморский, мастью вороной — что твоя смоль. В скачке с него зайцев захлопывали. В погоне река — не река, забор — не забор, а в деле — словно сам черт под седлом: и ржет и пашет, зубами ест и подковами бьет. Зато барон любил и холил этого коня: счетным зерном из полы кормил, из своего кубка медом потчевал, и коли надо, случалось, коню сослужить службу трудную, так отскачет полдороги — да фляжку вина ему в глотку. Прочхнется тот, встрепенется и опять летит, инда искры с подков сыплют. Ну вот и заедет он далеко в Русь... врасплох... завидел деревню — подавай огня. Вспыхнуло — кидай туда все, что увезти нельзя. Кто противится — резать, кто кричит — того в пламя. Позабывшись, и даром, правду сказать, порубливали встречного и поперечного, ну да это чтоб не разучиться или поучиться, говорил он. Натешась, разгромив, навьючив коней добычею, насажав на седла красавиц и сосворив к стремени пленников, выходили они околицами восвояси... и тут-то уж по дележе начиналась гульба и пированье. Хоть в пятницу — праздник, и в ночь не дрема. Целую неделю разливное море, и песни, и шум. Конечно, не всегда удавалось нашему молодцу нападать нечаянно на русских. Нередко выпроваживали незваного гостя вон по зашейку, да он огрызался себе, как волк, и цел и невредим выходил из побоища, потому что не всякий совался вблизь к его латам, и никакая стрела не брала его панциря. Ходила молва, будто латы его заговорены были — оно и статочное дело — барон много лет возился с египетскими чародеями, когда за господень гроб рыцари ездили на край света подраться между собою. Как бы то ни было, кроме ушибов, он не получил ни одной раны, между тем как удары палаша его можно было лечить не рецептами, а панихидами. В таких отчаянных набегах, разумеется, шайка его редела, однако хоть все знали про опасности, про крутой нрав барона — разгульная жизнь и охота к добыче, как магнитом, тянула бродяг к нему в службу. Обокрал ли, прогневил какой слуга или оруженосец соседа рыцаря — сейчас давай тягу в Эйзен. Под гербом барона скрыто и забыто было все прежнее, зато уж в деле не зевай у него. Чуть струсил, чуть оплошал, глядишь, и качается дружок вместо фонаря с пеньковым галстуком от простуды! Да и что за народ у него собран был, так волосы дыбом становятся: каждый сорвиголова. В огонь и в воду готовы на голос Бруно... так и смотрят в глаза ему — лишь мигнул и все вверх дном полетело. В буянстве самый закоренелый драгун показался бы перед ними красною девушкою, и двенадцать киевских ведьм вместе не выдумали бы таких проклятий, какие отпускали они за одною чашею брантвейна. Страшные, оборванные, однако при шпаге и железный картуз набекрень, разгуливали они по хижинам эстонцев, поколачивали их для препровождения времени, ласкали их дочек и брали контрибуцию с жен, чем Бог послал.

Теперь стали экономничать лифляндские помещики, запирать счетный кусок на ключ и желудок сажать на диету. В старину, сами знаете, то ли было? Круглый год масленица, жареные гуси стадами слетались к обеду, и без Helige Nacht (Рождество Христово) телята и бараны на четырех ногах ходили по столу и умильно подставляли охотникам свои котлеты. Ветреного бутерброда тогда не было и в заводе, а травкой-муравкой кормили только слуг. Само собой разумеется, что основательных напитков тогда не жалели, а как пили они — так вы, право, подумали бы, что у них муравленая утроба! Ведро пива на ухо -и ни в глазе. Вот подопьет, бывало, барон с соседами да и расходится индюком... я ли не я ль? По плечу себе никого не приберет, он-то всех храбрее, он-то всех благороднее! А чуть-чуть кто покосился, он и в ссору да в брань, а там долго ли до железа! Кончится, бывало, тем, что гость

144

приедет верхом, а вынесут его на носилках; еще за милость, коли без уха или без носу, а то часто навеки от зубной боли вылечивался. Этого мало: разгневался на соседа — на конь со своей дворней и псарней, и пошел топтать чужие нивы, палить чужие леса. Упаси Боже повстречать его в такой черный час. Завидел эстонца и скачет к нему с поднятым тесачищем. Читай "Верую во Единого", бездельник! а тот и обомлеет на коленях, ведь по-немецки ни слова. "Эймойста!" ("Не понимаю!") Читай, говорю!.. "Эймойста..." А, так ты упрям в своем язычестве, животное!.. Я же тебя окрещу! бац! — и голова бедняги прыгала по земле кегельным шаром, а барон с хохотом скакал далее, проговоря "Absolvo le!", т. е. разрешаю тебя. Затем, что они, как духовные рыцари, могли вместе губить тело и спасать душу. Таково было чужим,— каково же своим-то было? Понравился конь у крестьянина: "Пергала! меняй свою лошадь на мою кривую собачку!" — "Батюшка барин, мое ли дело охотиться — а без коня куда я гожусь!" — "На виселицу, бездельник! Ты должен быть доволен тем, что я позволю тебе усыновить от нее щенков и что жена твоя будет выкармливать двух для меня своей грудью". Зальется бедняга 'горючими, да и пойдет в холодную избу — за пустую чашку. Не то еще бьют, да и плакать не велят. Коротко сказать, Бруно в угнетенье не отставал от своих сотоварищей, за исключением только члена: "Не пожелай... осла ближнего твоего", затем, что полезных этих животных тогда в Эстляндии не водилось. Однако ж и на него находили часы, не скажу Божьего страха, но человеческой робости. Буйно было прошедшее, а что впереди — весьма не утешно; как ни любил он шум и разбой — а все-таки скука садилась с ним в седло и на стул незваная; и как бес в рукомойнике — выглядывала с донышка стакана. Лишь за невидаль мог он выжать смех из сердца, потому что смех дается только добрым людям. Вот уже стукнуло нашему барону и за сорок, а с сединой в бороду — черт в ребро. Раз, когда беседовал он очень дружески с стопой своей и допытывался от ней ума, вскинулась ему блажная мысль в голову: женись, барон, авось это порассеет тебя; притом же наследники... ведь попытка не пытка. За невестами дело не станет... да кстати, чем далеко искать — лучше взять готовую невесту моего племянника; она не бедна и сумеет хозяйничать, как и всякая другая. Правда, может, она меня не залюбит, да кто об этом беспокоится. Какое мне дело, любят ли меня рыбы или нет — да я люблю их есть. А племянник не велика птица в перьях.... пускай порастет до свадьбы! Надобно вам сказать, что племянник этот был сын его двоюродного брата, какого-то вестфальского рыцаря.

Покойник был не беден золотом... кажись, не умом, потому что поручил сына и имение в опеку Бруно. Грех сказать, впрочем, что Бруно расправлялся с деньгами племянника не как с собственными своими, зато самого Регинальда помыкал вовсе не по— родственному и учил именно тому, чего знать бы не должно. Одни добрые наклонности спасли мальчика от дурных примеров дяди, или лучше сказать, что железная лапа дяди и гнусность примера именно сделали его лучшим, потому что показали, как на ладони, все черные стороны злого человека и все выгоды быть добрым. Молодец он был статный и красивый, ну вот и приглянись ему дочь одного барона, по имени, дай Бог памяти,— кажется, Луиза. Девушка она была пышная, как маков цвет, а белизной чище первого снегу, даром что не мылась биркезом" и не носила ночью помадных перчаток, как здешние фрейлины... Сердце сердцу весть подает... они слюбились. Партия была хоть куды... и Бруно не прочь — и отцы согласны, как вдруг эта беда коршуном налетела... Вздумано и сделано. Барон не любил переспросов, и кто не хотел лететь в окно, тот не совался ему противоречить.

Через три дни пути Регинальд с двумя трубачами стоял уже у подъемного моста у замка рыцаря Бока и трубил в рог, как будто за ним гналось две дюжины медведей В замке все взбегались, увидя людей, разодетых попугаями. Старый барон в суетах надел воротником сапожную манжету. Матушка насурмила вместо бровей губы, и я за верное слышал, что сама Луиза, как ни хотела казаться равнодушною однако встретила гостя в разных чеботах. Похоронное лицо свата удивило очень семью Бока, но когда он выговорил предложение дяди, то если б бомба упала к ним на чайный столик — она испугала бы их менее... Жаль, право, что тогда еще не было ни бомб, ни маюкону и что сравнение мое некстати. Отец, качая головой, рассчитывал по пальцам силу жениха, матушка, заклинаясь, что не отдаст дочери за душегубца, толковала, однако ж, о подвенечном наряде, Луиза плакала навзрыд, а бедный сват, разжалованный из женихов, стоял как убитый, посылая к черту дядю, которого ненавидел за то, что он, как в насмешку, послал его сватом к его прежней невесте. Что ни говори — а вожжи, которыми правят людей, сплетены из железа и золота. Все или боятся одного, или жалуют больно другое... Это же порешило отца да мать Луизы, как раскинули старики умом-разумом. Шутить с Бруно плохо... Хотя-нехотя, ударили по рукам, а дочерей спрашивать тогда не водилось, да зачем, вправду, их баловать? какое им до того дело? Вот и вынесли какого-то сладкого напитка и .возгласили здоровье жениха да невесты.

Не знаю, отчего — только вино это показалось свату настояно перцем, матушка поперхнулась, а дочь, смешав его со слезами, через силу принудила себя выпить несколько капель.— Регинальд, как безумный, кинулся на лошадь и помчал к дяде веселую, себе горькую весть. Через две недели была и свадьба. Гостей съехалась тьма-тьмущая, ведь и тогда охотников попировать на чужой счет было вдоволь. Только столом тряхни — так то и дело гляди в окошко: поезд за поездом к крыльцу, будто по них клич кликали. Ну ведь у прежних бар не пиво варить, не вино курить, хлеб, соль не купленые. Особенно у барона лавливались.в море золоточешуйные рыбы с русскими клеймами, а на суше зверки на колесиках. Вот повели жениха с невестой со всеми немецкими причудами в церковь. Барон под венцом стоял, охорашивая свою бороду, переступал с ноги на ногу, словно часовой журавль, и покрякивал очень гордо — зато бедная Луиза, бледная, как фламское полотно была ни жива ни мертва и сказала (За так невнятно, так невольно, что оно девяносто шести нет стоило. Между тем кой-кто из гостей, особенно дамы, в огромных своих фишбейнах, как цветки в корзинах, из-под вееров, словно из-за ширм, подсмеивались над неровнею. "Муж не бобер,— сказала одна баронесса своей соседке,— проседь только меху цены придает".— "Морщины такие борозды, на которых всходят плохие растения",— прибавил какой-то забавник. "Поглядим,— рассуждали иные,— голубка ли выклюнет глаза этому старому ворону, или он ощиплет ей перушки!" Впрочем, всех сказок не переслушать. Как водится, гости попировали до бела утра. Морожевки, рябиновки, настойки из полыни, зари" и прочих невинных трав лились, а заморских вин — пей не хочу. Утро застало пировавших или за столом, или под столом, и, к крайнему сожалению любителей прежних обычаев, пир этот, за исключением битой посуды и подбитых носов, кончился весьма миролюбиво. Подтрунив над молодыми и освежив себя горячими напитками, гости разъехались. А когда разъехались они — в замке стало пусто и тихо, как на кладбище после шумных похорон. Молодая баронесса в первый раз без отца, без матери сидела, прижавшись в уголке, как сироточка, и сердце щемило у ней,— а ведь это не к добру!.. Она вздрагивала при каждом звоне шпор своего мужа — и ее так напугали рассказы об его свирепости, что она замирала от страха, когда он целовал ее, будто он хотел высосать ее кровь, или когда он ее ласкал, то представлялось, что добирается до ее шеи для удавки. Горько жить и с добрым, да немилым человеком, посудите ж, каково было вековать с таким зверем по нраву и по виду. С зари до зари, бывало, плачет бедняжка тихомолком, так что изголовье хоть выжми — и не один наперсток наполнила она слезами. Однажды попросилась она у мужа поклониться родителям, побывать на родине...— Куды! упаси Боже! как затопает, да закричит: "Твоя родина — спальня. Изволь-ка, сударыня, сидеть дома да прясть, а не рыскать по гостям. Да и что значат слезы, которыми ты, как блестками, унизываешь шитье свое? Почему, лишь я подхожу к тебе, твое лицо становится так кисло, что на мне ржавеет панцирь? Небось на племянника моего ты очень умильно глазеешь! Черт меня возьми, тут что-то недаром... я уверен, что вы вспомнили прошлое. Но помни и то Луиза, что у меня есть прохладительные погреба, куда я навек могу запереть тебя, как бутылку с венгерским, чтобы не испортилась!"

Не нами выдумано, что неправое подозренье вечно вводит в искушенье. Обвиненный подумает: "Коли меня винят даром — сем-ка я заслужу это — ведь терять-то уж нечего. Притом не утешно и отомстить за обиду" Вот так или почти так случилось с Луизой, так и с племянником барона. Им стало досадно сперва за напраслину, а там показался и гнев за упреки, за брань, за прижимки ревнивца. Притом же она не любила мужа, он не уважал дядю — стало, их ничто не хранило, а прежняя любовь влекла. И с кем вместе погорюем, с тем скоро будем радоваться, оттого только, то вместе. Чуть только можно — он сидит при ней, говорит сладкие речи и глядит в глаза так нежно, что будь каменное сердце — расступится. То рассыпается мелким бесом в услугах, то веселит ее рассказами... а сам изныл, истаял от грусти, как свеча. Мудрено ли ж, что с каждым днем Регинальд становится Луизе милее; с каждым днем муж ненавистнее, с каждым днем она виноватее. Надоело и барону нянчиться с женою. Бывало, ни свет, ни заря — отправляется он на грабеж, или в набег, или в отъезжее поле, здоровается с женой бранью, прощается угрозами... Какое ж сравненье с Регинальдом! с добрым, с благородным Регинальдом! Впрочем, сохрани меня Боже заступаться за них: во всяком случае их склонность была порочна. Обмануть мужа, изменить дяде — грех великий. Конечно, страсти дело невольное, да на то у нас душа, чтобы с ними бороться. А то дался ей Регинальд, спустя уши, словно щур, который сам шею в петлю протягивает. Да одно к одному, чтобы не отослал его дядя прочь — принужден он стал угождать ему на счет совести. То пошлет чужие грани перекопать, то жечь нивы, то заставляет губить в набегах старого и малого. Вот так-то одно дурное намерение ведет ко множеству черных дел. — Минул год. Случились у барона гости. После обеда все навеселе вышли пострелять из лука в зверинец. Правду истинну сказать, это важное имя дано было загородке из одного баронского хвастовства. Им бы лишь было имя, а как? — того не спрашивай. В этом зверинце, кроме ворон, никаких лесных зверей не было, если не включать в их число козу, привязанную за рога, которая потому только разве могла назваться дикою, что пастушьих собак дичилась; да лошадь, состоящую за старостию на подножном пансионе, в свободное время от водовозни, да двух боровов, что приходили туда в гости без ведома хозяина. Вот принесли самострелы,— а что ни самый огромный подали барону. Он его любимый был... Вот и вызывает барон силачей натянуть его. Однако же как ни пытались, никто не может, а барон-то над ними подсмеивается. Дошла очередь и до Регинальда. Он уперся в стальной лук пятою, да как потянул тетиву кверху — так только слышно динь, динь... все ахнули, и тетива на крючке: словно взводил он детскую игрушку. Бруно уж давно грыз зубы на племянника, а такая удаль в силе, которою он один до тех пор хвалился, взбесила его еще более. — Это одна сноровка,— сказал он презрительно.— А вот, господин дамский угодник, если ты мастер перекидываться не одними хлебными шариками — так будь молодец: попади в мельника, который работает на плотине ручья. — Дядюшка мой, кажется, видел не раз, как стреляю я по лебедю,— отвечал с негодованием племянник.— Но я не палач, чтобы убивать своих! — Гм! своих! По низким твоим чувствам я, право, скоро поверю, что ты свой этим животным!.. Убить мельника. Ха, ха, ха, экая важность: не прикажешь ли потереть виски?.. тебе, кажется, дурно от этой мысли становится? Тебе бы не кровь — а все розовое масло! У тебя любимое знамя — женская косынка! — Барон Бруно... помни, что есть обиды выше родства. Но если в тебе есть хоть сотая доля правды против злости,— то ты скажешь, отставал ли я от тебя в деле — и к стыду моему не проливал ли невинную кровь русскую в набегах? — Не отставал... велика заслуга! Рада бы курочка на стол нейти, да за хохол волокут. Подай сюда самострел мой — да сиди за печкой с веретеном... погляди лучше, как метко попадают стрелы мои в сердце подлых людей. Он с остервенением вырвал лук из рук Регинальда, приложился — несчастный мельник рухнул в воду. — Славно, славно попал! — закричали рыцари, хлопая в ладоши, но Регинальд, горя уже гневом от обиды, вспыхнул от такой жестокости. — Я бы застрелил тебя, наглый хвастун, проклятый душегубец,— сказал он барону,— если б это предвидел,— но ты не избежишь казни! — Молчи, мальчишка... или я эту железную перчатку велю вбить тебе в рот... прочь, или я как последнего конюха высеку тебя путлищами'". Регинальд уже ничего не мог сказать от бешенства, и оно разразилось бы смертным ударом стрелы, которую держал он... если б его не схватили и не связали. — Киньте его в подвал! — зарычал Бруно, беснуясь...— Пусть его сочиняет там романсы на голос пойманной мыши. Кандалы по рукам и по ногам — до посадить его на пищу святого Антония!"

Несчастного потащили, и целый месяц красные глаза Луизы доказывали, сколько она за него претерпела, но что сталось с ним? не ведал никто, и скоро все позабыли. Тогда такие вещи были не в диковину.

Вот, судари мои, не через долгое после того время, будучи Бруно на охоте, получает весточку от своих головорезов, которые, словно таксы трюфелей'",— так они искали добычу: что русские купцы мимо его берега повезут морем в Ревель меха для мены и золото для купли. Взманило это старого грешника. "Готовьте ладьи, наряжайтесь рыбаками, едем острожить этих усатых осетров,— закричал он.— Я сейчас буду". Барон был вовсе не набожен, но достаточно для немецкого рыцаря суеверен. Он не раз ссорился с патером в Везенштейне за то, что давал собаке носить в зубах свой молитвенник, а между тем верил колдовству и боялся домовых, отчего и спать ночью без свету не изволил. Бывало, крыса хвостом шарчит по подполью, а ему все кажется, что кто-то гремит латами... вскочит спросонья и вопит на тень свою: кто там, кто тут? У кого совесть накраплена и подрезана, как шулерская карта, тому поневоле надо искать утешенья не в молитве, а в гаданье. С этим намереньем пришпорил Бруно вороного и по заглохшей траве помчался в лес дремучий. Густел лес... вечер темнел... ветви хлестали в глаза. Барон ехал далее и далее. Наконец очутился он перед избушкой, как говорится, на курьих ножках, что от ветра шатается и от слов поворачивается.— Стук, стук! "Отопри-ка, бабушка!" Вот отворила ему двери старая чухонка, известная во всем околотке чародейка и гадальщица. Кошачий взгляд, волоса всклокоченные и по пояс. На полосатом платье навешанные побрякушки, бляхи и железные привески придавали ей страшный вид, и трудно было разобрать ее голос от скрыла двери. Слава шла, что она заговаривала кровь, сбирала змей на перекличку, знала всю подноготную, что с кем сбудется, а прошлое было у ней, как в кармане. Рассерди-ка ее кто!.. так запоешь курицей, по-петушьему или набегаешься полосатой чушкой. — Кого занес ко мне буйный ветер? — сказала она, продирая глаза, задымленные лучиною. — Не

150

ветер, а конь завез меня,— отвечал барон, влезая сгорбившись в хижину, каких и теперь для образчика осталось не менее прежнего. Солнечные лучи встречались в кровле с дымом, проходили внутрь, можно сказать, копченые. Две скважины, проеденные в стене мышами, служили вместо окон. В одном углу складена была без смазки каменка, от которой копоть зачернила все стены, как горн. Наконец вместо всех мебелей в углу лежала рогожка, а у печки лопата: может быть, воздушный ее экипаж в звании труболетной ведьмы.— Погадай мне старая карга,— закричал барон старухе. — Брысь! брысь! К нему в это время прыг на шею черная кошка, да и царап лапою за усы. Барон вздрогнул нехотя, и когда сбросил ее долой, то сам слышал, сам видел он, как из шерсти ее затрещали искры, так что по руке у него мурашки забегали. — Знаю, о чем хочешь ты ворожить,— сказала с злобной усмешкою колдунья...— Ты получил весть о добыче, когда гнал по лисе,— теперь хочешь сам сыграть лисицу на море!.. ведаю, что было, угадаю, что будет... но в последний раз, в последний раз, Бруно!

Барона кинуло в пот и в холод, когда он услышал эти подробности... "В ней сам черт сидит",— подумал он. Между тем она почерпнула в козий рог воды и долго нашептывала, уставив на воду страшные свои очи,— вдруг вода зашипела, вздымилась, утихла, и вещунья слово за слово, вся дрожа, будто не своим голосом, говорила: — Рыцарь Бруно, твой поход будет успешен — спеши, не медли... ты приложишь новые добычи, новые грехи к прежним... светел твой нагрудник... гладок он... — Я думаю, что гладок,— ворчал про себя Бруно,— на нем кованая муха не удержится. — Я вижу на нем кровь...— продолжала старуха. — Не бойся, он не промокнет. — Нет он проржавеет... — А на что ж у меня оруженосец? Пусть-ка он не вычистит моих лат, так я ему вылощу спину. Скажи-ка мне лучше, бабушка, ворочусь ли я домой? — Домой? да, ты возвратишься туда, откуда отправишься... и потом ляжешь спать под крестом, в головах зеленые ветки. Слышишь ли колокол?.. это похороны, это свадьба... Слышишь ли поют "Со святыми упокой" и "Ликуй!" Мороз подрал по коже рыцаря... он робко оглянулся, прислушался — но ничего не слыхал, кроме мяуканья черной кошки. — Вот тебе шиллинг,— сказал он, бросаясь вон,— но колдунья оттолкнула его рукою... — Я получу от тебя их десяток, когда ты воротишься. Ступай: конь и судьба ждут тебя за порогом. Бруно поскакал, не оглядываясь. "Она рехнулась,— думал он...— впрочем, я нередко сплю под плащом рыцарским, а если ворочусь к духову дню — так и подавно в головах, будут березки. Да что за свадьба, что за похороны? Тфу пропасть! Мало ли у меня знакомых!"

Наутро, когда встало солнышко, паруса разбойничьих его лодок чуть белелись на взморье.

Долго ли, коротко ли, далеко или близко воевал барон — не знаю. Только уж под вечер поднимался он на крутой берег к замку, в самом том месте, где ручей впадает в море. "Вот я и воротился удачно,— говорил Бруно своему оруженосцу.— Роберт, снеси же эти 10 шиллингов старой колдунье и скажи, что в ее вздорном предвещанье было немножко и правды. Скажи ей, что я подобру-поздорову весел, как именинник". Очень видно, однако ж, было, что его веселье сродни печали. Кто после отлучки воротится домой, оставя там женщин, у того поневоле забьется ретивое, подходя к порогу... каких вестей, каких гостей там не найдешь!! Так и у барона защемило сердце недаром — не успел он пройти по берегу десяти шагов — глядь...

Признаюсь, господа, что тут он увидел — так вскипятило бы кровь и у самого хладнокровного мужа... барон видит: жена его сидит рядом с племянником рука в руку, уста в уста. Обуян, задыхаясь от гнева, стоял он перед любовниками, а те его и не заметили, как будто над ними воспевала райская птичка. Бруно не верил глазам своим. "Как? тот племянник, которого он бросил в тюрьму на голодную смерть,— теперь перед ним в полном вооружении? Этот смиренник целуется с Луизою, которая с трудом подымала ресницы при мужчинах... кровь и ад!.. нет это не сон, не дьявольское наважденье!" Затопал он ногами, заревел — и если б не бряканье лат его, то, верно бы, любовники кончили жизнь на этом поцелуе. Да нет. Регинальд успел вскочить и принял меч на свой меч: схватились рубиться — искры запрыгали... удар в голову — и оглушенный Бруно, как сноп, свалился на траву. — Теперь ты в моих руках, злодей,— говорил Регинальд, привязывая его к дереву...— пришел конец твой. От меня, брат, не проси и не жди пощады, ты сам никому не давал ее. Ты выучил меня лить невинную кровь по своей прихоти, так теперь не дивись, что я хочу напиться твоею, из мести. Помнишь ли, что ты лишил меня именья и воли, помыкал родного, как служку, унижал, обижал, презирал меня, наконец отнял мою невесту и довел до того, что я сгубил свой покой и чистоту совести... Ты уничтожил злодейски все, что для души дорого на земле и лестно на небе... Ты бросил меня на голодную смерть... Ты мучил, терзал этого ангела, спасителя моей жизни, которого не ценил, не стоил. Что оставалось мне,

152

кроме боя? Даже и суд Божий поединком мне воспрещен был с дядею. Но Бог велик — ты пал — ты погибнешь!

Надо было видеть тогда барона: ниже травы, тише воды сделался: откуда взялись слезы; откуда молитвам выучился!.. зачал небось причитать Лазаря. Оно, правду сказать, смерть не свой брат, особенно коли застанет врасплох черную душонку. — Не помяни зла, будь отцом родным, пусти душу на покаяние! отдам все, что ты хочешь, сделаю все, что велишь, стану держать твое стремя, выпрошу у папы себе развод, а тебе позволенье жениться на Луизе. Пресвятая Бригитта! Я отдам в Ревельский храм твой пол первой добычи, выстрою в твое имя монастырь с зимней и летней церковью! Пойду сам в монахи, надену власяницу под панцирем, раздам нищим нажитое и грабленое. Луиза, у тебя доброе сердце, я испытал это, я виновен перед тобой... уговори, упроси, умоли Регинальда, пусть он даст мне пожить, хоть еще годок, хоть месяц, хоть час! — Ни пяти минут,— отвечал племянник, взводя лук...— Имя Бога, злодей, которого ты призывал всегда всуе, чтобы угнетать бедных или увертываться от сильных, теперь не спасет тебя.. Притом, кто так подло трусит умереть, тот и жить не стоит! Но в это время жалостливая баронесса кинулась на колени перед любезным, схватила его за руку... — Не убивай,— закричала она пронзительно,— он злодей, но он мой муж, но он твой кровный. — Ты не знаешь, чего просишь, Луиза,— отвечал на эти речи Регинальд ласково.— Коли он жив — то нам не жить: это вернее смерти. Неужели хочешь ты, чтобы этот зверь еще свирепствовал надо всеми? Он разорвал родство.... какой же присяге верить после этого? Впрочем, если ты хочешь быть меня на колесе, умирающего в муках неслыханных, если сама хочешь сгореть живая на малом огне... то скажи слово, и он жив!

Такая картина ужаснула Луизу... Женский ум слаб — он видит только то, что перед глазами... она отвернулась, махнула рукой... лук взвыл... стрела угодила в сердце, тут и дух вон... только кровь его брызнула на жену и племянника.

Бруно погиб — и дельно: он был виноват; да только правы ли его убийцы? Регинальд был малый благородный, добрый — зачем же он ходил с дядей на разбой, когда знал, что это дурно? Конечно, он делал это невольно, да зачем же не ставало у него воли от этого отказаться решительно или восстать против него явно. И в самосуде — одна сторона права, а другая виновата. Так нет, он не заступался за угнетенных до тех пор, пока его лично не обидели. Он восстал только для спасения своей жизни, а может быть, и для выгод своей жизни! Какая же в том заслуга? есть ли тут чистота в причинах, стало быть надежда к оправданию? Он избавил околоток от злодея, зато подарил ему урок в преступлении. Притом же он был против дяди много виноват... да и кровь родного — право, не шутка!

Скоро спроведали в замке, что Бруно убили, а кто? за что?.. Бог весть. Долго не верилось этому... наконец увидели — и радость пошла ходить по околице... Все обнимались и целовались, словно мы, русские, о Святой" Вот стали поговаривать об убийце... хотя все желали, чтоб его не узнали. Покойника, как известно, не жаловали, стало быть, благодарили того, кто сплавил его на тот свет. Все подозренья, впрочем, упали на Роберта, оруженосца баронова, который вышел с ним из ладьи глаз на глаз — и потом исчез — ни слуху ни духу. Иные, правда, поглядывали искоса на Регинальда, но он спокойно распоряжал похоронами, потчевал всех очень усердно — то скоро все и замолкло. Тело барона схоронили. Где убит был он — поставили каменный крест, и в замке до назначенья магистра остался хозяином Регинальд.

Коротка память у женского сердца, их слезы — роса: так же скоро падают, так же скоро сохнут. Сперва Луиза то и знай что рыдала; потом стала она молиться. потом рассеивать себя, да разгуливать, под конец ласки и уверенья Регинальда, кстати и свои рассуждения усыпили совсем ее совесть. Глядишь, не прошло полугода, она уже нарядилась в цветное платье, да и сама расцвела розаном. Погодя немного захлопотали о свадьбе — разрешенье от папы, благодаря золотые поминки, прислано: чего ж медлить? Назвали гостей. Гости съехались, пожимая плечами, но расправляя рты,— вот повезли жениха и невесту в церковь, что стояла невдалеке от Эйзена. "Славная парочка",— говорили гости; только славная парочка стояла под венцом, как обреченная на смерть. Бледны оба, не смея взглянуть друг на друга. Некоторые гости заметили только, что Луиза все что-то с руки стирала, а жених озирался кругом при каждом скрипе оконниц, которые ходили ходенем от октябрьского ветра. Это навело какую-то тоску на всех окружных. У всех вытянулись лица... все смолкли, только голос одного патера раздавался и перетворивался под острыми сводами. Вдруг что-то сорвалось со стены, брякнуло и покатилось по полу — две свечи погасли, задутые ветром,— все вздрогнули. Это был шишак какого-то воина, повешенный здесь на память. Опять тихо, опять гудя смолкли органы... и вдруг почудилось, будто кто-то, гаркая, скачет к крыльцу, уж по крыльцу. "Отвори, отвори!" — загремело за дверью — и отдалось в куполе... все обмерли; никто ни с места!.. взглянули вверх — там неслось только облачко с кадильницы. "Отвори!" — повторил страшный голос, и слышно было, как ржал конь и топал по плитам подковами,— и вдруг двери, застонав от удара, соскочили с петлей и рухнули на пол... воин в вороненых латах, на вороном коне, в белой с крестом мантии, блистая огромным мечом, ринулся к налою, топча испуганных гостей. Бледное лицо его было открыто... глаза неподвижны... и что ж? В нем все узнали покойника Бруно. Завопил народ от ужаса — и расхлынул; кто упал ниц, кто ударился в бега он в три скачка очутился подле новобрачных. "Кровь за кровь, убийцы!" — прогремел он — и вмиг растоптанный Регинальд захрипел под ногами коня — и, вмиг наклонившись, подхватил мертвец полумертвую Луизу, перекинул ее через луку, поворотил коня, взглянул на всех, как уголь, яркими очами и стрелой выскакал вон из церкви — лишь огонь струями брызгал из-под копыт по следу. Только и видели. Страх всем запечатал уста... крестись, разбежались гости.

Я сказал, что это было октябрьскою ночью. Ветер выл волком в бору, море бушевало, напирая на скалы и отшибаясь от них. Бедная Луиза пришла в себя, и мороз пробежал у ней по жилам, когда увидела она. что лежит в лесу на мокрой траве.. Месяц бил прямо на черного рыцаря, который палашом рыл яму, под тем самым крестом, где совершено было убийство... Луиза очень ясно узнала бледное лицо покойника — ахнула и снова без памяти...

Опять очнулась несчастная... открыла очи — но уже ничего не могла видеть — она лежала ничком со связанными руками, она чувствовала, что ее засыпают холодной землею... у ней замерло дыхание... нет голосу крикнуть.. В отчаянии едва-едва могла прошептать она: "Да воскреснет Бог и расточатся врази его"; и вот остановилась ужасная работа. Громкий адский смех раздался над нею. "Смерть за смерть, изменница!" — сказал кто-то, и кровь застыла. Еще стон, еще усилие, еще глухой вопль из-под земли, и только. Луиза задохнулась, схоронена живая.

Ужасно! И теперь, когда я вздумаю о подобной кончине, то на мне проступает холодный пот и мертвеют ногти. Кажись, всех менее была виновата Луиза, а всех более пострадала. Однако Бог знает, что делает, кровь на мужчине часто смывает его прежние пятна, а на женщине, почитай всегда, хуже Каиновой печати. Луиза казнена жестоко; зато этот пример долго спасал многих от греха. Что ни говори, а перед святою правдою беды нашего брата исчезают, а мирское добро всходит и расцветает — из зла.

Наутро явился в замке черный латник-мститель. Это был родной брат покойника, и похож на него волос в волос, голос в голос. Он мыкался по свету, был в Палестине в свите какого-то немецкого князька и ворочался домой богат одними заморскими пороками. В это время как нарочно встретил его братний оруженосец, который нечаянно был свидетелем убийства и бежал, испугавшись нового господина. У страха глаза велики, говорит пословица... и мы видели, как брат отомстил за брата. Магистр назначил его преемником всех угодьев и служеб покойного; однако его зверство не осталось без наказанья. Через десять лет русские ворвались в Эстонию, осадили замок и наконец спекли черного рыцаря Бруно. Сожженный дотла замок Эйзен срыли до основания, и борона прошла там, где были стены. Долго, долго после того и давно перед этим набожные люди собрали с пожарища камни и выстроили невдалеке церковь во славу Бога. Это ее глава мелькает между деревьями.

Господа, начал я за здравие, а свел за упокой, но в том не моя вина. И в свете часто из шутки выходят дела важные.

156